삶과 죽음의 경계에서

삶과

죽음의　경계에서

히포크라테스의 후예에게 고함

곽경훈 지음

포르체

빈정거리듯 건네는 이야기

사내가 활동한 기간은 매우 짧았다. 그는 순식간에 유명세를 얻고 절정의 순간에 체포되어 비참하고 잔인한 죽음을 맞았다. 제국의 통치자에게는 잠재적인 반역자였고 식민지의 전통적인 상류층에게는 신성 모독을 일삼는 이단자였으며 독립을 꿈꾸는 민족주의자에게는 황당한 몽상가에 불과했다. 군중은 그를 선지자, 나아가 구원자라 부르며 열광했으나 정작 가장 중요한 순간에는 침묵했다. 추종자들도 그의 실체를 정확히 알지 못해 가르침을 오해할 때가 많았다. 그가 체포되었을 때, 제자들은 대부분 도망쳤고 심지어 가장 가까운 제자는 그를 부인하며 저주했다.

그가 죽은 후에도 상황은 별반 다르지 않았다. 그의 부활을 믿는 종교는 엄청나게 성공하여 일요일마다 헤아릴 수 없는 숫자의 무리가 그의 이름을 부르며 예배한다. 그들은 그의 가르침대로 살겠다고 다짐하며 틈만 나면 '과연 그분은 어떻게 하셨을까?'라고 말한다. 하지만 정말 그의 가르침대로 사는 사람은 극히 드물 것이다. 그는 원수를 사랑하고 대가 없이 용서하며 재물을 추구하지 말라고 가르쳤으나 많은 사람이 그의 이름을 들먹이며 황금을 모으고 그의 가르침을 명분 삼아 증오와 혐오를 선동한다.

그 사내는 바로 예수다. 앞서 말한 것처럼 기독교는 성공하여 오늘날에도 강력한 영향력을 행사한다. 그러나 부유하고 비대해진 교회에는 온갖 스캔들이 창궐하고 소수자를 향한 차별과 박해에 앞장서는 사례도 무척 많다. 예수의 제자를 자처하고 그의 가르침대로 살겠다는 사람이 넘쳐남에도 대부분은 그가 정말 무엇을 가르쳤는지조차 모른다.

이런 사례는 기독교에만 국한되지 않는다. 군인은 틈만 나면 이순신을 들먹이나 이순신처럼 행동하는 경우는 극히 드물다. 교사는 페스탈로치를, 간호사는 나이팅게일을 윤리적 모범으로 내세우지만 정작 직업 윤리를 진지하게 고민하는 사람은 많지 않다.

의사도 마찬가지다. 히포크라테스 선서를 직업 윤리의 모범으로 삼고 '히포크라테스의 후예'란 말을 자주 사용하나 의사에게 요구되는 직업 윤리가 무엇인지 진지하게 고민하는 사람은 적다. 그럴듯한 명분을 벗어나 현실에서 어떻게 적용할 것인지 따지는 사람은 더욱 드물다.

그래서 의사의 입장에서, 특히 응급실에서 일하는 임상의사의 입장에서 동료들에게 우리의 직업 윤리가 무엇인지 묻고 싶었다. 나아가 의료계를 넘어 전체 시민에게도 우리가 사회 구성원으로 살며 지켜야 하는 윤리가 무엇인지 묻고 싶었다. 이 책은 그런 고민과 물음을 담은 기록이다.

목차

여는 말

빈정거리듯 건네는 이야기 — 5

1장 당신은 의학을 믿습니까?

차별은 디스토피아를 만든다 — 14

거짓은 현대 의학을 흔든다 — 22

마음의 병은 없다 — 30

동성애는 질병이 아니다 — 38

돼지 독감과 백신 반대론 — 44

폴 브로카와 왕의 DNA — 52

확증 편향과 집단 사고 — 59

2장 당신은 함께 사는 사회를 원합니까?

대유행이 남기는 것 — 68

그 사내의 이야기 — 75

응급실에서는 참아 주세요 — 82

내일은 오지 않는다 — 88

누구도 죽음을 피할 수 없다 — 95

우리는 정말 선진국에 살고 있을까? — 102

가능한 것과 가능하지 않은 것 — 109

3장 히포크라테스의 후예에게 고함

진료실 밖은 위험합니다! — 118

중요한 것은 꺾이지 않는 마음 — 123

'요즘 것들'은 존재하지 않는다 — 130

크세노폰의 후예 — 137

정말 제도만 문제인가요? — 144

H 선배의 제안 — 152

가식과 위선은 이제 그만 — 160

관행은 이제 그만 — 167

2024년 의료 대란을 겪으며 — 173

면도날이라 불린 남자 — 179

4장 우리는 모두 평범한 인간이다

바보들의 치킨 게임 — 186

오늘도 그들의 캐릭터는 붕괴한다 — 195

'뇌피셜'은 이제 그만! — 202

이단과 사이비를 구분하라 — 210

B 교수와 신경외과의 전성시대 — 222

유사 과학, 음모론, 확증 편향 그리고 집단 자살 — 232

닫는 말

마음을 다해 공존하기 — 241

.

1장

당신은 의학을 믿습니까?

차별은 디스토피아를 만든다

흔히 히포크라테스를 '의학의 아버지'라 부르지만 실제로는 윤리적인 상징에 가깝다. 히포크라테스, 갈레누스, 켈수스 같은 고대의 대가와 이븐 시나 같은 중세의 의학자가 행한 의학은 현대 의학과 완전히 달랐기 때문이다. 그런 전통 의학은 현대 의학과 비교하면 단순한 기술 수준의 차이가 아니라 질병을 바라보는 관점이 완전히 다르다. 고대와 중세의 의학은 객관적인 근거에 기반한 과학이 아니라 세상의 원리를 설명하는 철학에 가까웠다. 르네상스가 시작되며 몇몇 선구자들이 그런 '철학적 의학'에 반기를 들어 현대 의학이 싹텄으나 소독법, 마취제, 항생제 이 세 가지가 확립된 후에야 비로소 우리에게 익숙한 현대 의학이 모습을 드러냈다.

제1차 세계 대전(이하 1차 대전)까지 야전 병원은 우리의 상상과 사뭇 달랐다. 오늘날에는 전투에서 부상자가 발생하면 신속하게 지혈하고 상처를 소독한 후에 최대한 장기를 보존하려고 노력한다. 그러니까 팔다리에 손상이 발생하면 절단을 피하고 신체를 보존하는 방향으로 치료한다. 그러나 1차 대전까지는 완전히 달랐다. 신속하게 지혈하고 상처를 소독하는 것은 같지만, 팔다리에 손상이 발생하면 최대한 넓게 절단했다. 어떻게 하든 신체를 보존하려고 노력하는 오늘날과는 완전히 달랐다. 손가락에 깊은 상처가 발생하면 손목까지 절단했다. 손목에 상처가 발생하면 팔꿈치까지 잘랐다. 팔꿈치에 상처가 발생하면 어깨 바로 앞까지 희생시켰다.

이렇게 치료가 오늘날과 완전히 달랐던 것은 다음과 같은 이유 때문이다. 전장의 환경은 건조한 날씨에는 흙먼지가 날리고 습한 날씨에는 진흙투성이가 되기 쉬워 매우 불결했다. 그래서 대수롭지 않은 상처에도 심각한 감염이 발생할 가능성이 컸다. 특히 녹농균이나 웰치균과 같은 악질적인 세균에 감염되면 예후는 매우 나빴다. 녹농균에 감염되면 상처에서 특징적인 녹색 고름이 흘러나온 후 오한, 발열, 구토 같은 증상이 발생했고 곧 의식 저하와 호흡 곤란으로 악화하여 사망했다. 웰치균에 감염되면 상처 주변이 검붉게 변하고 스펀지처럼 부풀어 오른 후에도 오한, 발열, 구토 같은 증상이 나타났다. 그리고 이어서 의식 저하와 호흡 곤란으로 악화하여 사망했다. 그런데 항생제가 없어 상처 감염이 발생하면 실질적으로 치료할 수 있는 방법이 없었다. 그러니 예방에 집중할 수밖에 없어 상처 부위를 소독약으로 깨끗하게 닦아 내고 조금이라도 감염의 가능성이 있으면 아예 절단했다. 팔다리없이 생존하는 쪽이 목숨을 잃는 것보다 낫기 때문이다. 이런 상황이라 1차 대전까지 야전 병원은 공포 영화에 어울리는 장소였다. 부상자를 치료하여 생명을 구하는 장소가 아니라 불쌍한 부상자의 팔다리를 자르는 '악마의 작업실'처럼 느껴졌을 것이다.

오늘날에는 꽤 심각한 부상에도 치료한 후에 군대에 복귀하는 사례가 드물지 않으나, 1차 대전까지는 그것이 매우 예외적이었다. 머리와 흉부, 복부에 일정 이상의 부상을 입으면 대부분 사망했고 팔다리에 부상을 입으면 생존 가능성은있으나 대부분 장애인이 되었다. 이런 탓에 얕게 생각하면 1차 대전까지는 야전 병원의 운영을 소홀히 했을 것이라 오해할 수도 있다. '인간의 존엄', '개인의 중요성' 같은 개념은 20세기에 들어선 후에도 한참 지나서야 확립되었고, 근대까지도 인간의 생명이 지닌 무게가 오늘날과 비교할 때 한없이가벼웠던 것을 고려하면 더욱 그렇다. 왕과 귀족, 장군처럼 '피라미드의 위쪽'을 차지한 사람들이 어차피 군대에 복귀하기 힘든 부상병에게는 무심했을 것이라고 착각할 수 있다.

하지만 사실은 완전히 다르다. 적어도 유능한 지휘관은 부상병의 처우에 관심을 기울여서 신속하고 적절하게 치료받는 것에 많은 자원을 투입했다. 특히 나폴레옹 보나파르트(나폴레옹 1세)는 부상병의 치료에 아주 큰 관심을 쏟았다. 그런 황제의 후원에 힘입어 당시 프랑스 군의 군의감인 도미니크-장 라레는 오늘날까지 사용하는 혁신을 도입했다. 당시에는 전투가 일단락한 후에 부상병을 치료하는 관행이 있었지만, 라레는 전투 중에 구급 마차를 이용해 부상병을 야전 병원으로 이송한 뒤 신속하게 절단 수술을 감행했다. 또 부상병을 무턱대고 이송하는 것이 아니라 검정, 빨강, 노랑, 녹색의 카드로 분류하여 치료 순위를 정해 시간과 자원의 낭비를 막고 효율적으로 치료할 수 있는 체계를 마련했다.(오늘날에도 재난으로 대규모 환자가 발생하면 여전히 라레가 만든 환자 분류법을 사용한다.)

그렇다면 나폴레옹을 비롯한 유능한 장군들은 왜 부상병의 치료에 큰 관심을 기울였을까? 앞서 살펴본 것처럼 당시에는 부상병이 회복하여 군대에 복귀하는 사례가 매우 드물었음에도 왜 그들을 치료하는 것에 많은 자원을 투입했을까? 물론 '인간의 생명은 무엇보다 소중하다'와 같은 이상주의적 동기는 아니다. 그들이 부상병의 치료에 관심을 쏟은 이유는 그래야 병사들의 사기가 오르고 군대의 전투력이 상승했기 때문이다. 생각해 보라. 전투에 나서는 모든 병사는 잠재적인 부상병이다. 적의 생명을 효율적으로 빼앗는 것이 전투의 가장 기본적인 목표임을 감안했을 때 부상에서 자유로운 사람은 아무도 없다. 그런 상황에서 부상병을 치료하는 것이 형편없다면 과연 몇 명이나 기꺼이 싸울까? 마지못해 전투에 나서도 적에 맞서기보다 몸을 사리기에 급급할 가능성이 크며 그런 군대는 승리하기 어렵다. 그러니 유능한 지휘관일수록 부상병의 치료에 관심을 기울이고 많은 자원을 할애할 수밖에 없다.

"인간은 나이가 들면 약해진다. 당뇨병, 고혈압, 관절염, 각종 암과 같은 질환에 시달리고 폐렴 등의 감염성 질환과 골절에도 취약해진다. 그래서 젊은 사람보다 나이 든 사람에게 많은 의료 자원을 투입할 수밖에 없다. 그런데 정작 나이든 사람은 생산 활동에 별다른 도움이 되지 않는다. 결국 젊고 건강한 사람이 생산한 자원을 나이 든 사람이 축내는 상황이 벌어질 수밖에 없다. 인구 절벽과 고령화를 맞이하여 이런 문제를 해결해야 한다."

"장애인은 일반인과 비교하여 생산성이 낮다. 물론 스티븐 호킹 같은 사람도 있으나 극단적인 예외일 뿐이다. 솔직히 말하면 장애인은 짐이다. 특히 건강한 사람에게 걸은 세금을 장애인의 복지에 소모하는 것은 이율배반적이다. 장애인이 낸 세금 만큼만 권리를 보장받는 것이 현실적인 이치가 아닌가?"

"정신 질환자는 본인의 생산성이 떨어질 뿐만 아니라 그를 돌보는 가족의 생산성도 떨어뜨린다. 심지어 그들은 매우 위험하다. 여론을 달구었던 흉악 범죄만 꼽아도 적지 않다. 그러니 그들은 사회와 격리된 공간에서 생활하는 것이 합리적이다. 그게 그들에게도 좋고 나머지 사회 구성원에게도 유익하다. 물론 자유는 헌법이 보장하는 권리다. 그렇지만 항상 예외가 있지 않나. 정신 질환자처럼 위험한 사람의 자유를 보장하려고 나머지 불특정 다수를 위험에 몰아넣는 것이 말이 되는가?"

"장애인 단체가 다시 지하철에서 시위를 시작했다. 정말 염치란 것을 모르는 사람들이다. 사회에 공헌하는 것은 거의 없고 다른 건강한 사람이 낸 세금으로 생활하는 주제에 무슨 시위인가? 자유롭게 다닐 권리를 달라고? 장애인이면 남에게 피해 주지 말고 조용히 집에만 있을 것이지 어디를 다니려고 하나? 휠체어를 탄 사람, 안내견을 데리고 다니는 사람, 이상한 표정으로 비틀거리며 걷는 사람을 보는 것만으로도 일반인이 피해를 입는다고 생각한다."

사용하는 단어가 얼마나 노골적이냐의 차이만 있을 뿐,

위에 나열한 주장은 모두 노인, 장애인, 정신 질환자 같은 사회적 소수자를 향한 편견과 그에 기반한 혐오를 담는다. 심지어 응급실에서도 위와 같은 말을 내뱉는 사람을 마주할 수 있으며 인간의 생명을 다루는 의사 중에도 그들을 향해 극우파 같은 논리를 펼치는 사람이 종종 있다. 그러면서 그들은 하나같이 '장애인, 노인, 정신 질환자는 생산 활동을 제대로 하지 못해서 사회에 공헌하는 부분이 적다'를 주장의 근거로 내세운다.

나폴레옹과 같은 유능한 장군들이 부상병의 치료에 관심을 기울이고 많은 자원을 투입한 이유를 헤아리기를 바란다. 1차 대전까지는 전장에서 부상당한 병사가 회복하여 군대에 복귀하는 경우가 매우 드물었음에도 유능한 군대는 늘 부상병의 치료에 집중했다. 앞서 말했듯, 전투에 나서는 모든 병사는 잠재적인 부상병이라 치료가 형편없으면 누구도 용감하게 싸우지 않기 때문이다. 장애인, 노인, 정신 질환자에 관한 처우도 마찬가지다. 우리는 모두 늙는다. 우리는 모두 다치거나 병들 수 있다. 거기에서 자유로운 인간은 존재하지 않는다. 사회적 소수자에 관한 처우가 가혹한 사회는 '현실주의가 지배하는 효율적인 세상'이 아니라 '모두가 불안과 공포에 시달리는 디스토피아'일 뿐이다. 그러니 거리에서 사회적 소수자를 마주했을 때, 때때로 기본권을 요구하는 그들의 시위에 불편을 겪을 때, 불만과 혐오를 외치기에 앞서 다시 한 번 생각하고 행동하기를 깊이 소망한다.

거짓은 현대 의학을 흔든다

"그게 말이야, 양약(서양 의술로 만든 약)은 나한테 맞지 않아. 내 체질에는 오히려 해롭더라고. 그리고 원인을 치료하는 것도 아니잖아. 몸의 불균형을 찾아서 바로잡아야 당뇨병이 낫는데 양약은 그저 그때 혈당만 낮추잖아. 그래서 양약은 필요 없어. 수액과 인슐린만 좀 놔 줘. 여기는 내가 처음 와서 의사 선생이 잘 모르는데 자주 가는 응급실에서는 늘 그렇게 처방한다우."

환자의 몸은 오랜 가뭄을 견디지 못하고 말라죽은 나무를 떠올리게 했다. 뺨이 움푹 꺼진 얼굴에서는 동그란 눈이 도드라졌다. 그런 외모에 연민을 느꼈으나 대화는 피곤했다. 환자 혹은 보호자가 '당뇨병과 고혈압은 한 번 약을 먹으면 평생 먹어야 한다고 들었다', '서양 의학은 당뇨병의 원인을 치료하지 못하고 그저 혈당만 낮출 뿐이라 미봉책에 불과하다'는 주장을 내세우며 치료를 거부하는 상황은 좀처럼 익숙해지기 힘든 경험이다. 다만 그날의 환자는 조금 독특했다. 서양 의학을 혈당만 낮출 뿐이며 당뇨병의 근본적인 원인을 치료하지 못한다고 폄하하며 경구약을 복용하지 않겠다고 주장하는 것은 전형적인 논리에 해당했지만 수액과 인슐린을 투여하라는 부분은 색달랐다. 인슐린은 인위적으로 합성한 물질이 아니라 인체에 원래부터 존재하는 호르몬이라 괜찮다는 논리였다. 그래서 다음 사실을 알려 주고 싶었다.

"현대 의학에서 인슐린을 어떻게 만드는지 아세요? 1970년대까지는 돼지 혹은 사망한 사람의 췌장에서 인슐린을 추출했는데 요즘에는 대장균을 이용해서 만듭니다. 인슐린을 만들도록 대장균의 유전자를 조작한다고요. 아시겠습니까? 전혀 자연적이지 않습니다."

물론 실제로는 말하지 못했다. 내분비 내과 외래를 방문해서 당뇨병을 꾸준히 치료하라고 건조하게 권유하고 정맥주사로 수액과 인슐린을 투여해서 혈당을 조절한 다음 퇴원시킬 수밖에 없었다.

임상 의사로 일하면 이런 상황을 종종 접한다. 고혈압 약은 혈압만 낮추고 당뇨병 약은 혈당만 낮출 뿐이며 항생제는 단순히 세균만 퇴치하니 현대 의학은 미봉책에 불과하다고 선언하며 치료를 거부하는 환자와 보호자가 가끔 있다. 또 현대 의학의 치료를 거부하지 않아도 앞서 언급한 주장에 동조하는 사람도 적지 않다.

그러다 보니 그런 틈을 교묘하게 파고드는 세력이 있다. '감염병에 걸리지 않도록 면역력을 개선하겠다', '인체의 불균형을 바로잡아 당뇨병과 고혈압의 본질적인 원인을 치료하겠다'와 같은 주장은 신문 광고, 홈 쇼핑, 심지어 공중파 TV의 광고와 건강 프로그램에도 창궐한다. 그들은 자기네 주장을 뒷받침하고자 그럴듯한 증거를 제시한다. 그들의 치료법을 따랐더니 당뇨병이 사라지고 고혈압이 나았다는 증인을 내세우는 고전적인 수법부터 실체가 불분명한 학술지에 실린 조잡한 논문을 언급하는 것까지 방법은 매우 다양하다. 심지어 실제 의사 면허를 가진 사람을 등장시켜 주장에 권위를 싣기도 한다.

하지만 그런 노력에도 현대 의학은 흔들리지 않는다. 적지 않은 사람이 그런 주장에 넘어가 현대 의학의 치료를 거부하고 자신에게 결코 도움이 되지 않는 치료에 많은 돈을 지불하지만 어디까지나 개인의 비극일 뿐, 현대 의학의 지위는 굳건하다. 현대 의학은 그런 속임수에 흔들릴 만큼 호락호락하지 않다.

현대 의학의 강력한 힘은 '근거 중심주의'에서 나온다. 현대 의학에서는 노벨 의학상 수상자의 주장도 객관적인 연구로 검증받기 전에는 동네 아저씨가 술자리에서 내뱉는 '뇌피셜' 이상의 의미를 지니지 못한다. 너무 당연하게 보이는 주장도 사실로 인정받으려면 이중 맹검, 코호트 같은 낯선 단어가 난무하는 방법으로 검증받아야 한다. 전통 의학에서는 '오랜 경험에서 우러난 대가의 비법'이 큰 영향력을 발휘할지 몰라도 현대 의학에서는 그 자체로는 아무런 의미가 없다. 그래서 현대 의학에서 공신력 있는 학술지에 실린 논문은 매우 중요하다. 그런 논문은 객관적인 검증을 거쳐 선별된 것이라 대부분의 임상 의사가 치료의 근거로 삼고 대부분의 의학자가 연구의 기반으로 사용한다. 그러다 보니 학술지는 논문 검증에 심혈을 기울인다. 교묘하게 조작된 논문이 실릴 경우, 학술지의 권위가 실추될 뿐만 아니라 현대 의학의 근간을 뒤흔드는 재앙이 발생할 수 있다. 그러나 사악하고 비뚤어진 사람은 어디에나 있으며 그들의 시도를 완벽하게 봉쇄하기는 매우 어렵다.

자폐성 장애는 드라마 〈이상한 변호사 우영우〉로 더욱 널리 알려진 질병이다. 이 질병은 같은 질병이라 생각하기 힘들 만큼 환자마다 증상이 다양하고 지적 장애의 정도도 천차만별이다. 인류의 시작부터 존재했을 가능성이 큰 질병이라 많은 사람이 원인을 밝히려고 노력했다. 20세기에 접어들어 그런 시도는 한층 활발했고 레오 캐너는 그 가운데서도 독보적인 위치를 차지했다.

1904년 오스트리아-헝가리 제국에서 태어나 1920년대 중반 미국으로 이민한 캐너는 1981년에 사망할 때까지 문자 그대로 '쉬지 않고' 연구했다. 그는 소아 정신과 분야에 큰 업적을 남겼고 특히 조현병과 자폐성 장애에 관심을 기울여 1943년 '냉담한 어머니가 취약한 아이에게 자폐성 장애를 만든다'라는 이른바 '냉장고 엄마 이론'을 발표했다. 프로이트와 그 후계자들이 한창 강력한 힘을 누리던 시대적 배경을 감안하면 캐너의 이론은 자폐성 장애에 관한 매우 매력적인 설명이 틀림없었다.

그러나 캐너의 이론은 사실이 아니었다. 캐너는 명확한 근거를 제시하지 못했다. 그뿐만 아니라 자폐아의 부모, 특히 어머니를 과도하게 비난하는 문제가 있다. 그렇지 않아도 자녀의 질병을 자책했을 부모에게 한층 큰 죄책감을 안겨 주고 바람직하지 못한 어머니라는 주변의 비난을 마주하게 했다. 다행히 20세기 후반, 캐너의 이론은 힘을 잃었으나 이번에는 다른 악당이 등장했다.

1998년, 손꼽히는 권위를 지닌 학술지 〈란셋〉에 어마어마한 논문이 실렸다. 소아에게 MMR 백신(볼거리, 홍역, 풍진을 예방하는 백신으로, 필수 접종에 해당)을 접종하면 부작용으로 자폐성 소장 결장염이 발생하여 자폐성 장애를 초래한다는 내용이었고, 그 근거로 12명의 환자에게 얻은 결과를 제시했다. 논문이 준 충격은 매우 컸다. 논문을 발표한 앤드류 웨이크필드는 순식간에 유명 의사로 떠올랐다. 자폐아를 둔 부모는 정부와 백신 회사를 상대로 소송을 준비했고, 백신 반대 운동의 불길이 거세게 타올랐다.

웨이크필드의 발표 이후 훨씬 정교한 연구가 뒤를 이었으나 누구도 MMR 백신과 자폐성 장애의 인과 관계를 입증하지 못했다. 그의 연구를 제외하면 어떤 연구에서도 MMR 백신이 자폐성 장애를 초래한다는 근거를 찾지 못했다. 사실은 그가 자신의 연구를 교묘하게 조작했기 때문이다. 하지만 그는 이미 저명인사였고 '백신 회사의 탐욕에 맞서 아이들의 건강을 지키는 수호성인'의 반열에 오른 상태였다. 그래서 다들 이상하다며 고개를 갸웃하면서도 공개적으로 문제를 제기하지 못했다. 〈란셋〉도 비슷했다. 상당히 의심스러운 부분을 감지했으나 〈란셋〉의 공신력과 관련한 문제여서 슬그머니 목소리를 내렸다.

하지만 의외의 인물이 상황을 반전시켰다. 〈선데이타임스〉 브라이언 디어라는 기자가 웨이크필드의 논문을 조사하여 문제점을 알렸다. 물론 처음에는 귀를 기울이는 사람이 매우 적었다. 오히려 디어에게 비난과 위협이 쏟아졌다. 그러나 그는 물러서지 않았다. 결국 2010년 〈란셋〉은 MMR 백신이 자폐성 장애를 만든다는 논문을 철회한다. 그리고 영국 의사 협회는 웨이크필드의 의사 면허를 박탈한다. 하지만 미국으로 무대를 옮긴 그는 여전히 정부와 다국적 기업이 자신을 모함했다고 주장하며 '백신 반대론의 괴수'로 활동한다.

다행히 웨이크필드 사건 이후 많은 학술지가 논문 검증을 한층 강화했다. 그래서 다시는 그런 사건이 발생하지 않으리라 예상했으나 최근 그 기대가 무너졌다.

2022년 7월 저명한 학술지인 〈사이언스〉에 충격적인 기사가 실렸다. 미네소타 대학 연구진이 2006년 〈네이처〉에 발표한 알츠하이머병 논문이 조작됐을 가능성이 크다는 내용이었다. 2006년에 실바인 레스네가 이끄는 미네소타 대학 연구진이 발표한 논문에 따르면 베타 아밀로이드가 뇌에 쌓여 알츠하이머병이 발병한다는 것이었다. 이 논문을 두고 〈사이언스〉는 6개월에 걸친 검증 끝에 논문 속 주장의 근거가 조작되었다는 의혹을 제기했다. 이 논문은 의학 교과서에 실릴 만큼 정설로 인정받았고, 지난 16년 동안 알츠하이머병의 치료제를 개발하는 연구도 모두 해당 논문을 기반으로 진행했다. 즉, 지난 16년 동안 개발된 대부분의 알츠하이머병 치료제는 뇌에 쌓이는 베타 아밀로이드를 해결하는 것에 초점을 맞추었다. 미네소타 대학 연구진의 논문이 거짓이면 지난 16년간 천문학적 자금을 투입한 연구가 모두 헛수고인 셈이다. 실제로 미네소타 대학 연구진의 논문에 기반하여 개발된 알츠하이머병 치료제인 아두헬름은 치료 효과는 미미하면서 부작용만 보고되는 상황이다. 1998년에 발생한 'MMR 백신 논란'은 웨이크필드의 개인적 일탈에 가깝다. 그러나 최근 발생한 '알츠하이머병 논란'은 해당 논문을 기반으로 신약을 개발한 기업의 이해가 맞물려 이미 수년 전부터 제기된 반론을 은폐했다는 의혹도 있어 한층 심각한 문제다.

물론 앞서 언급한 것처럼 비뚤어지고 사악한 존재는 어디에나 있고 아무리 주의하고 경계해도 그런 부류의 악행을 완벽하게 차단하는 것은 가능하지 않다. 하지만 〈란셋〉과 〈네이처〉 같은 공신력 있는 학술지에 조작된 논문을 발표하는 사건이 반복되면 언젠가는 대중이 현대 의학을 신뢰하지 않는 상황을 마주할지도 모른다. 어쩌면 코로나19 대유행을 두고 온갖 음모론과 가짜 뉴스를 퍼뜨리는 무리가 이번 사건을 보고 회심의 미소를 지을지도 모르겠다.

마음의 병은 없다

넘어지며 부딪힌 눈두덩이가 심하게 부어올랐지만 술에 잔뜩 취해 의료진의 손을 뿌리치고 고래고래 고함치는 남자, 고열에 보채는 아이를 품에 안고 안절부절못하는 보호자, 인공호흡기가 연결된 채 조금도 움직이지 않고 누워 있는 환자, 화장실에서 미끄러진 다음부터 다리를 조금만 움직여도 통증에 끙끙대는 노인, '응급실'이란 단어에 떠오르는 전형적인 모습이다. 하지만 응급실을 찾는 환자는 훨씬 다양하다. 당연히 앞서 언급한 전형적인 모습에 포함되지 않는 경우도 적지 않다.

"그때 우리는 같은 물질에 감염되었어요. 확실해요! 어서 의료 기록을 확인하세요."

환자도 그런 사례에 해당했다. 그는 응급실에 어울리지

않았다. 보호자라면 몰라도 적어도 환자로는 정말 어울리지 않았다. 동작은 거침없었고 목소리에서는 힘이 느껴졌다. 어딘가 아픈 곳이 있으리라 예상하기 어려웠다.

"그때 틀림없이 감염되었어요. 나와 아이 모두 같은 물질에 감염된 것이 확실해요."

환자는 아직 걸음마가 서툰 아이와 함께였다. 물론 아이도 아픈 곳이 있으리라 생각하기 어려웠다. 응급실이란 낯선 환경에도 눈이 마주치면 방긋방긋 웃을 만큼 평온했다. 환자가 확인하라고 재촉하는 의료 기록도 마찬가지였다. 3개월 전, 환자는 응급실을 방문했다. 그때도 야외에서 독성 물질에 노출되었다고 주장했다. 그러나 환자와 아이, 모두 이상이 없었다. 환자가 분명히 평소와 다르다고 호소하는 것을 제외하면 혈액 검사와 X-ray, 소변 검사, 모두 정상 범위였다. 그런데도 3개월 만에 다시 응급실을 찾아 그때 감염되었다고 주장하며 정밀 검사를 요구했다. 이번에도 환자와 아이가 문제가 있다고 의심하기 어려웠다. 적어도 내과와 외과에 해당하는 문제는 없을 가능성이 매우 컸다.

"3개월 전, 진료에는 별다른 이상이 없었습니다. 그런데 지난 3개월 동안 다른 병원에는 가지 않았습니까?"

조심스럽게 질문했지만 환자는 날카롭게 대답했다.

"입원했었어요. 입원했다고요!"

입원이라. 3개월 전, 우리 응급실에서 찾아내지 못한 질환이 있었을까? 우리가 찾지 못한 질환으로 입원했고 회복하여 퇴원한 후에 따지러 왔을까? 아니다. 그럴 가능성은 희박했다. 환자가 지난 3개월 동안 어디에 입원했는지 어렵지 않게 추측할 수 있었다. 나는 차분하게 물었다.

"폐쇄 병동에서는 언제 나왔습니까?"

폐쇄 병동이라는 단어와 함께 환자는 더욱 공격적으로 변했다.

"왜 대답해야 하죠? 어서 독극물 검사나 진행하세요."

환자는 병원체에 의한 감염과 독극물에 의한 중독 사이에서 오락가락했다. 3개월 전의 의료 기록도 그랬다. 새로운 전염병에 걸렸다고 했다가 다음에는 독극물에 노출되었다고 했다. 환자는 피해망상에 해당할 가능성이 컸고 다소 지리멸렬했다. 그래서 조현병인지, 양극성 장애인지, 명확하지 않았다. 다만 응급 의학과 의사의 입장에서 그런 진단명의 차이는 중요하지 않다. 환자가 '정신과적 응급'에 해당하는지가 중요했다.

정신과적 응급은 타인을 공격하는 것과 자해하는 것, 두 가지뿐이다. 거기에 해당하지 않으면 화성 출신의 외계인 왕자라 일컫든, 평행 우주에서 튕겨 나온 슈퍼 히어로라 주장하든, 응급실에서는 심각한 문제가 아니다.

일단 환자는 심한 망상 때문에 폐쇄 병동에 입원했었고 최근에 퇴원했으며 그와 함께 약을 중단했을 가능성이 컸다. 폐쇄 병동에 입원하여 약을 꼬박꼬박 복용했을 때는 망상이 호전됐겠지만 퇴원 후에 제대로 복용하지 않으면서 다시 심해진 듯했다. 다행히 아직 망상이 자해를 이끌 정도는 아니었다. 그러나 아이가 문제였다. 망상에 빠진 환자는 좋은 의도로도 아이에게 해를 입힐 수 있다. 하지만 그렇다고 경찰에 신고할 단계는 아니었다. 보호자에게 연락해서 상황을 알려 주고 싶었으나 환자는 가족의 연락처를 알려 주지 않았다. 곧 환자는 우리 응급실에서의 진료를 거부하고 떠났다.

장-마르탱 샤르코는 19세기 후반 프랑스를 대표하는 신경학자다. 그는 샤르코-마리-투스병(하지 근육이 약화되고 쇠약해지는 유전성 신경병증)을 발견했고 다발성 경화증(뇌, 척수, 시신경으로 구성된 중추 신경계에 발생하는 만성 질환)과 파킨슨병의 진단에도 크게 기여했다. 하지만 명성이 쌓이자 다소 특이한 분야에 집중했다. 바로 '히스테리'다. 샤르코는 히스테리가 신경계 질환이 아니라 심리적 문제라고 주장했다. 그러면서 자신의 가설을 입증하고자 최면을 사용했다. 최면은 당시에도 점쟁이의 속임수로 간주되었지만 샤르코는 개의치 않았다. 평범한 의사가 그랬다면 학계에서 강력한 저항을 마주했겠지만 그 무렵 샤르코는 이미 압도적인 명성을 지닌 권위자였다. 그리하여 최면을 이용한 샤르코의 치료법은 젊은 의사들에게 인기를 끌었다.

지그문트 프로이트도 그런 무리에 속했다. 샤르코처럼 신경학자였지만 뇌와 척수를 대상으로 한 연구에서 별다른 성과를 거두지 못한 프로이트는 새로운 치료법에서 돌파구를 찾았다. 연구 대상을 뇌와 척수에서 인간의 마음으로 바꾼 것이다. 프로이트는 최면을 이용하여 질병의 심리적 원인을 찾고자 노력했다.

그런 노력의 성과로 프로이트는 1895년 유명한 '안나.O'의 사례를 발표한다. 이 사례를 간략하게 살펴보면 다음과 같다. 본명이 베르타 파펜하임인 안나.O에게는 결핵으로 사망한 형제가 있었다. 그렇지만 파펜하임은 비교적 평범하게 자랐는데 아버지가 결핵에 걸리자 상황이 달라졌다. 아버지의 간호를 도맡은 파펜하임은 식욕 부진과 어지러움을 호소했고 때때로 심한 기침도 발생했다. 그러나 의사들은 원인을 찾지 못했다. 아버지가 사망하자 증상은 한층 악화하여 팔다리가 마비되고 무서운 환상까지 나타났다. 그럼에도 대부분의 의사가 해법을 찾지 못하는 상황에서 프로이트는 최면을 사용해서 원인을 밝혀냈다. 형제와 아버지가 결핵으로 사망하며 남긴 심리적 충격이 원인이었다. 덧붙여 프로이트는 자유 연상 기법으로 파펜하임의 증상을 호전시켰다. 그러면서 정신 의학, 정확히 말하면 정신 분석의 시대가 열렸다. 프로이트는 정신을 마음의 에너지로 움직이는 기계라 규정했고 그런 에너지의 과잉, 과소, 잘못된 분배가 정신 질환의 원인이라고 판단했다.

프로이트의 후계자들은 정신 분석을 나날이 더욱 발전시켰다. 20세기 중반에 이르러 정신 분석은 전성기를 누렸다. 의학뿐만 아니라 문화와 예술, 철학까지 거침없이 영역을 넓혔다.

정작 의학에서는 정신 분석을 향한 의문이 쌓였다. 정신 분석은 불안 장애 혹은 공황 장애의 초기 같은 경증에만 효과가 있었다. 조현병, 망상 장애, 양극성 장애 같은 심각한 정신 질환에는 속수무책이었다. 정신 분석을 따르는 의사들은 정신 질환을 세밀하게 분석하고 명쾌하게 설명했으나 정작 그들의 치료법은 효과가 없었다. 환자가 자해하거나 다른 사람을 해치는 것을 막지 못했다. 가정이 파괴되고 공동체가 황폐화되는 것도 막을 수 없었다. 사실 파펜하임도 실제로는 치료되지 않았다. 그녀는 죽을 때까지 고통에 시달렸다.

해결책은 완전히 다른 곳에 있었다. 20세기 중반을 넘어 의과학의 발달과 함께 뇌와 관련된 사실이 점차 밝혀지면서 정신 질환을 마음의 병이 아니라 뇌의 구조적 문제로 간주하는 흐름이 생겼다. '뇌에서 분비하는 다양한 화학 물질의 문제가 정신 질환의 원인이다'라는 가설이 힘을 얻었고 그런 가설에 기반하여 새로운 약물을 개발했다.

그러자 정말 '기적의 시대'가 도래했다. 물론 정신 분석이 이룬 기적과는 완전히 달랐다. 프로이트의 기적에는 작가, 예술가, 철학자까지 찬사를 보냈지만 약물 요법이 만든 새로운 기적은 그렇지 않았다. 약물 요법에는 철학적 이해도, 인간의 마음을 탐구한다는 고결한 의미도 없었다. '마음의 불균형', '영혼의 상처' 같은 멋진 단어는 새로운 기적에서는 설 자리가 없었다. 새로운 기적은 차갑고 건조하며 딱딱한 과학에 불과했으나 대신 정말 환자의 증상을 호전시켰다. 불안과 긴장이 통제되고 망상이 사라졌다. 많은 환자가 일상에 복귀할 수 있었다. 그러나 모든 사람이 약물 요법을 긍정적으로 바라본 것은 아니다.

약물 요법이 정신 의학의 주류로 자리매김한 지도 꽤 오랜 시간이 지났다. 의학이 발달할수록, 뇌와 관련한 사실이 많이 알려질수록, 정신 분석은 더욱 쪼그라들었다. 대부분의 정신 질환이 마음의 병이 아니라 뇌의 구조적 문제, 특히 신경 전달 물질과 관련한 문제란 것이 밝혀졌다.

하지만 약물 요법을 바라보는 인식은 여전히 좋지 않다.

'한 번 약을 먹으면 영원히 먹어야 한다', '약은 증상만 개선할 뿐이며 근본적인 치료가 아니다', '마음의 병인 만큼 의지로 이겨낼 수 있다'와 같은 낭설은 약물 요법을 더욱 꺼리게 만든다. 꾸준히 약물을 복용하면 정상적으로 생활할 수 있는 환자가 약물을 복용하지 않아 자해를 시도하고 타인에게 해를 끼치는 상황에 이르기도 한다.

그날 응급실에서 마주했던 환자도 그런 사례다. 꾸준히 약물을 복용하면 아이와 함께 평범한 삶을 누릴 수 있겠지만 안타깝게도 그럴 가능성은 크지 않다. 약을 제대로 복용하지 않으면 폐쇄 병동 입원을 반복하며 증세가 악화될 것이다. 심근 경색이 심장 혈관의 문제인 것처럼 대부분의 정신 질환은 마음의 병이 아니라 뇌의 구조적 문제다. 그런데 왜 사람들은 전자에는 쉽게 수긍하면서도 후자에는 좀처럼 동의하지 않을까?

동성애는 질병이 아니다

인간은 유달리 호기심이 강한 동물이다. 달과 화성에 인간을 보내려 노력하고 태양계의 까마득하게 먼 곳을 살피는 것에 막대한 자원을 투자하듯, 선사시대의 조상도 산 너머와 강 건너에 무엇이 있는지 밝히고자 위험을 무릅썼다. 이런 호기심은 당장에는 별다른 이익이 없으며, 자원을 낭비하고 심각한 위험을 초래하는 것처럼 보인다. 하지만 장기적으로 인류가 문명을 건설하고 스스로 '만물의 영장'이란 오만한 칭호를 사용할 수 있게 만든 동력으로 작용했다.

다만 빛이 있으면 그림자도 있다. '왜?'라는 물음을 쉽게 거두지 않는 호기심은 때로는 엉뚱한 결과를 낳았다. 제아무리 지혜롭고 현명한 개인도 시대의 한계를 뛰어넘기는 어렵다. 모든 질문에 완벽한 대답을 찾는 것이 불가능하다. 그럼

1장 당신은 의학을 믿습니까?

에도 인간은 좀처럼 '왜?'라는 질문을 '아직은 모른다'로 남겨 두지 않는다. 그러다 보니 억지로 끼워 맞춘 설명이 오해를 낳고 쓸데없는 편견을 만들기도 했다.

질병의 원인을 탐구하기 좋은 사례다. 고대와 중세의 인류는 제한적인 지식으로 모든 질병의 원인을 설명하려 했다. 그래서 히포크라테스와 갈레노스 같은 의학자는 체액설에 매달렸다. 혈액, 점액, 황담, 흑, 이렇게 네 가지의 체액이 인체를 구성하며 이 체액의 불균형에 따라 질병이 발병한다는 이 이론은 모든 질병을 설명하고 치료법을 제시할 수 있었다. 하지만 실제로는 온갖 이상한 치료법, 심지어 환자를 더욱 빨리 사망하게 하는 기괴한 치료법을 양산했다.

의학계뿐만 아니라 민간도 질병 원인의 해답을 찾으려 노력했다. 그런데 중세 유럽에서 교회의 힘이 강력해지자 질병을 하나님의 징벌로 이해했고, 환자를 죄인으로 취급하기 시작했다. 물론 질병을 신의 징벌로 이해하는 태도는 기독교뿐만 아니라 다른 종교에서도 찾을 수 있다. 다만 기독교는 독특한 유일신 사상을 지녀 유대교 시절부터 그런 성향이 한층 도드라졌다. 예를 들어, 고대 이스라엘에서 한센병('나병'이라고도 하며, 피부와 말초 신경에 주 병변을 일으키는 면역학적 질환)은 심각한 죄악에 대한 형벌로 여겨져서 해당 질병에 걸린 환자는 공동체에서 추방당했다. 신약 성서에서 예수가 환자를 치유할 때마다 주변에서 '이 사람은 무슨 죄를 지었길래 이렇게 아픕니까?'라고 집요하게 묻는 것도 같은 이유다.

파라켈수스는 질병을 바라보는 그러한 태도를 합리적으로 반박한 최초의 인물이다. 그는 바젤 대학교에서 강의할 때부터 갈레누스 같은 고대 대가의 경전을 불태우며 자신을 의학계의 마틴 루터라고 선전했다. 그리고 '규폐증에 관하여'란 논문에서 질병을 바라보는 고전적인 태도를 반박했다. 규폐증은 폐에 규소가 침착되어 광범위한 섬유화가 진행되는 질병으로, 주로 광부에게 발생하는 직업병으로 발병했다. 또한 고대와 중세에는 하나님이 만든 자연을 함부로 파헤친 것에 대한 징벌이나 땅의 정령이 분노하여 내린 저주로 여겨졌다. 파라켈수스는 규폐증으로 사망한 환자를 부검하여 폐에서 규소와 비슷한 결정을 찾아냈고, 그에 기반하여 광산에서 작업하며 마신 먼지가 규폐증을 일으킨다고 주장했다. 이 주장은 하나님의 징벌 혹은 정령의 저주라는 기존의 통념을 반박했다.

과학이 발전하고 현대 의학이 본격적으로 출범하면서 질병을 징벌이나 저주로 판단하는 태도는 많이 사라졌다. 그 덕분에 많은 편견과 냉대가 힘을 잃었다. 하지만 오늘날에도 그런 편견과 냉대는 완전히 사라지지 않았다. 심지어 질병이 아닌 것을 질병으로 규정하여 차별하는 움직임도 존재한다.

제2차 세계 대전 초기에 영국은 심각한 위기를 겪었다. 나치 독일은 프랑스를 비롯한 서유럽을 순식간에 점령하자 영국은 홀로 맞설 수밖에 없었다. 나치 독일은 영국을 굴복시키려고 강력한 공군으로 매일같이 런던을 폭격했으며 해양에서는 잠수함을 이용하여 봉쇄 작전을 펼쳤다. 영국은 석유와 철광석처럼 전쟁에 직접적으로 필요한 자원뿐만 아니라 식량도 대부분 수입에 의존했기 때문에 봉쇄 작전을 뚫지 못하면 서서히 말라 죽을 수밖에 없었다. 그러나 독일 군의 잠수함인 유보트는 기술적으로 뛰어나 대처가 쉽지 않았다. 더구나 독일 군이 사용한 암호 체계인 이니그마는 매우 복잡해서 영국 군이 통신을 감청해도 암호를 해독할 수 없어 작전을 알아차릴 수 없었다.

그런 상황에서 영국 블레츨리 파크에 위치한 암호 해독가 집단이 이니그마를 해독하는 것에 성공했다. 결국 영국 군은 1940년부터 독일 군의 암호를 거의 완벽하게 해독하게 되었고, 정보의 우위를 점했다. 독일 군은 전쟁이 끝날 때까지 암호가 해독된 것을 알아차리지 못해 영국의 이니그마 해독은 전쟁의 승리에 크게 공헌했다.

앨런 튜링은 블레츨리 파크에 위치한 암호 해독가 집단을 이끈 인물로 전쟁 후에 대영 제국 훈장을 받았다. 그뿐만 아니라 컴퓨터의 발명과 인공 지능의 발전에 크게 이바지했다.

그러나 안타깝게도 튜링의 인생은 평탄하지 못했다. 그는 동성애자였기 때문이다. 1967년까지 영국에서 동성애는 엄격하게 처벌받는 범죄에 해당해 튜링도 1951년 경찰에 체포되었다. 주기적으로 여성 호르몬을 투여받는 화학적 거세를 당했으며 전쟁 영웅에서 남색 범죄자로 전락하여 모든 명예를 잃어버린 끝에 1954년 자살로 삶을 마감했다.

앞서 언급한 것처럼 영국은 동성애를 범죄로 처벌하는 법을 1967년에 철폐했다. 그러나 그 후에도 오랫동안 동성애를 정신 질환으로 간주했다. 동성애는 치료받지 않으면 환자와 주변 모두에게 위험을 초래하는 무서운 질병이며, 동성애자는 정상이 아닌 존재로 간주되었다. 1974년 미국 정신 의학 협회가 동성애를 정신 질환에서 삭제했으며, 1990년에는 WHO도 회원국에게 동성애는 정신 질환이 아니라고 권고했다. 그러나 아직도 대중의 인식은 완전히 변하지 않았다. 러시아, 사우디아라비아, 아프가니스탄, 카타르 같은 국가에서 동성애는 여전히 처벌받는 범죄다. 심지어 자유와 인권을 강조하는 미국에도 동성애를 '치료해야 할 질병'으로 규정하여 전환 요법이란 유사 의학을 행하는 단체가 극우파와 근본주의 기독교에 뿌리내린 상태다. 특히 전환 요법은 의학적 근거가 없을 뿐만 아니라 해당 치료를 받은 집단에서 우울증 같은 정신 질환의 발병과 자살이 증가했으며 그 자체가 성범죄와 성 착취를 조장할 위험이 있다.

안타깝지만 한국도 예외는 아니다. 매년 서울에서 열리는 서울 퀴어 문화 축제에는 어김없이 '사랑하니 반대한다', '동성애는 질병이다'와 같은 문구를 외치는 반 동성애 시위대가 등장한다. '동성애는 성범죄를 저지르게 만드는 질병이다', '동성애는 HIV를 퍼트리는 주범이다'라고 외치는 주장을 인터넷 공간과 주류 언론, 학교, 교회에서 마주할 때도 있다. 심지어 의사란 직업적 권위를 이용하여 그런 주장을 펼쳐서 유명세를 누리는 사람도 적지 않다. 그러나 동성애는 취향일 뿐, 치료해야 할 질병이 아니다. 어떤 공신력 있는 연구와 통계도 동성애가 이성애보다 성범죄를 일으키기 쉽다는 것을 입증하지 못했다. HIV는 혈액을 비롯한 밀접 접촉으로 전염하는 질병일 뿐이며 동성애자와 이성애자를 가리지 않는다.

파라켈수스가 500년 가까운 시간이 지난 요즘에도 의학의 선구자로 기억되는 이유는 규폐증의 원인을 과학적으로 규명하여 신이 내린 징벌과 분노한 정령의 저주라는 차별과 냉대를 벗기는 계기를 마련했기 때문이다. 그러니 21세기를 사는 우리들, 특히 의료인에게는 질병이 아닌 것을 질병으로 규정하여 차별과 증오를 선동하는 유사 의학의 실체를 밝히고 그 해악을 배격할 의무가 있지 않을까?

돼지 독감과 백신 반대론

소아마비는 엔테로바이러스가 일으키는 감염병으로 환자의 대변과 인후 분비물로 전염된다. 영유아기에 감염되면 가볍게 앓고 회복하는 경우가 많으나 청소년기부터는 감염되면 심각한 증상을 초래할 위험이 크다. 바이러스가 중추 신경계와 하위 운동 신경원을 침범하여 환자가 호흡 곤란으로 사망하거나 생존해도 영구적인 장애가 남는 사례가 많다.

이런 소아마비는 고대부터 인류를 괴롭혔으나 앞서 말한 것처럼 영유아기에는 감염되어도 크게 위험하지 않으며 한 번 감염되어 회복하면 면역을 획득하여 다시 걸리지 않는다. 18세기까지는 위생이 좋지 않아 환자 대부분이 영유아기에 감염되었고, 사회적으로는 별다른 문제가 되지 않았다. 그러나 20세기에 접어들며 위생이 개선되자 영유아기에 걸리는 경우가 감소했고 청소년기 혹은 성인기에 걸리는 사례가 많아졌다. 그러면서 사망자와 장애에 시달리는 생존자가 모두 증가했다. 1955년까지는 미국에서만 연간 2만 5천 건 이상의 중증 소아마비와 호흡 곤란으로 사망하거나 보행 장애를 겪는 경우가 발생했다.

다행히 조너스 소크와 앨버트 세이빈이 백신을 개발하여 이런 상황을 극적으로 변화시킨다. 소크의 사(死)백신은 1955년부터, 세이빈의 생(生)백신은 1961년부터 상용화했고 두 백신으로 광범위한 예방 접종을 시행했다. 그 결과, 1969년에 이르러 미국에서 소아마비로 인한 사망자가 한 명도 발생하지 않을 만큼 상황이 개선된다.

그런데 둘의 백신은 사백신과 생백신이란 차이 외에 접종 방식도 달랐다. 소크의 백신은 주사로 접종한 반면에 세이빈의 백신은 시럽 형태로 복용했다. 백신뿐만 아니라 둘의 성격도 극명하게 대비되었다. 소크는 예술을 사랑했고 피카소의 애인과 결혼할 만큼 사교계에서 유명세를 누렸지만 세이빈은 평판 따위 조금도 고려하지 않고 거친 논쟁을 즐기는 독설가였다. 그래서 둘은 서로 자신의 백신이 우수하다고 주장하며 평생토록 동료보다는 앙숙에 가까운 관계를 이어 나갔다.

딱 한 번, 소크와 세이빈이 아주 중요한 정책에 같은 목소리를 낸 적이 있다.

1970년대가 되자 소아마비는 공중 보건의 주요한 위협이 아니었다. 하지만 치명적인 전염병은 여전히 많았다. 특히 독감은 변이가 빈번해서 가을이면 다가오는 불청객으로 악명을 떨쳤다.

그런 상황에서 1976년을 맞이하며 불길한 소식이 전해졌다. 1976년 1월 뉴저지의 포트딕스에 주둔한 병사들 사이에서 독감이 유행했는데 조사 결과 돼지 독감으로 밝혀졌다. 특히 해당 유전형인 H1N1(A형 인플루엔자 바이러스)이 1918~1919년에 대유행을 일으켜 5천만 명 이상의 사망자를 발생시킨 스페인 독감과 유사한 것으로 알려져 파문이 커졌다. 급기야 1976년 3월 10일 미국 질병 관리 센터는 돼지 독감 백신이 필요하다고 동의했다. 다만 전체 국민 대상 대규모 예방 접종이 아니라 취약 집단 대상 선별적인 접종을 권고했다.

그런데 당시 대통령인 제럴드 포드에게 보고되면서 일이 이상하게 흘러 갔다. 취약 집단 대상 선별적인 접종이 아니라 전체 미국인 대상 대규모 접종으로 방향이 바뀐 것이다. 그리하여 1976년 3월 24일 포드 전 대통령은 미국의 모든 남성, 여성 그리고 아이에게 예방 접종이 필요하다고 발표하기에 이른다. 대통령의 이런 결단에 큰 영향을 준 사람이 바로 소크와 세이빈이다. 둘은 평생토록 서로를 못마땅하게 생각했으나 그때만큼은 함께 대통령에게 돼지 독감 대규모 예방 접종을 조언했다. 그래서 아주 짧은 시간에 유례없는 대규모 예방 접종 계획이 수립된다.

그런데 1976년의 예방 접종 계획에는 문제가 있었다. 우선 백신을 개발할 시간이 매우 부족했다. 당시에는 유정란을 사용하여 독감 백신을 만들었다. 그런데 특정 품종의 닭만 백신 용 유정란을 생산할 수 있어 생산 시즌이 있었다. 따라서 해당 기간에 백신을 만들지 못하면 대규모 예방 접종을 진행할 수 없어 백신 개발이 매우 급하게 이루어졌다. 그러다 보니 백신의 효율성과 안정성을 충분히 검증하지 못했다. 다음으로 정말 백신이 필요한지 의문을 품는 사람이 많았다. 단순히 유전형이 같다는 것만으로는 스페인 독감만큼 심각한 유행을 일으킨다고 확신할 수 없었다. 포트딕스의 병사들 사이에서 유행한 돼지 독감이 정말 강력한 전파력을 지녔는지도 확실하지 않았다. 그러니까 돼지 독감이 스페인 독감에 버금가는 심각한 대유행을 일으킬 가능성이 크다는 주장의 과학적인 검증이 부족했다. 하지만 대통령의 결단, 소크와 세이빈 같은 유명 과학자의 조언, 언론의 극성스러운 보도가 합쳐지자 합리적 의문을 제기하는 목소리는 힘을 잃었다. 그러면서 돼지 독감 대규모 예방 접종 계획은 일사천리로 진행되었다. 의회는 놀랄 만큼 빠른 속도로 필요한 법안을 가결했다. 포드 전 대통령이 3월 24일에 예방 접종 계획이 필요하다고 발표한 후, 불과 한 달도 지나지 않은 4월 15일에 필요한 입법 과정을 완료했다.

1976년 10월부터 대규모 예방 접종을 시작했다. 계획은 순조롭게 진행되어 1976년 12월 초까지 4천만 명 이상의 미국인에게 접종했다. 그리고 곧 심각한 문제에 부딪힌다. 길랑-바레 증후군의 발생이 급격히 증가한 것이다. 일종의 자가 면역 질환인 길랑-바레 증후군은 독감 백신의 가장 심각한 부작용에 해당하지만 정상적으로 만든 백신의 경우, 해당 질환이 발생할 가능성은 위험을 감수할 수 있을 만큼 작다. 그러나 1976년 10월부터 12월까지는 지나치게 많은 사례가 보고되었고, 이전과 비교했을 때 통계적으로 증가했다. 당연히 많은 과학자와 의사가 돼지 독감 백신의 문제를 과학적 근거를 기반으로 제기했다. 결국 1976년 12월 16일 문제의 심각성을 인정한 미국 정부는 해당 백신을 두고 '모라토리움(라틴어로 '지체한다'라는 의미인 'morari'에서 유래된 것)'을 선언하기에 이른다.

1976년의 '돼지 독감 백신 모라토리움'은 단순히 대규모 예방 접종 계획의 실패가 아니었다. 적지 않은 생명이 희생

1장 당신은 의학을 믿습니까?

된 것만으로도 심각한 비극이 틀림없으나 재앙의 규모는 훨씬 크다. 백신 반대론이라는 유사 의학이 대중에게 뻗어 나갈 토양을 제공했기 때문이다. '백신은 효과가 없으며 위험할 뿐이다', '질병에 걸리는 것보다 백신을 맞아 발생하는 부작용이 훨씬 무섭다', '제약 회사가 정부를 매수하여 대규모 예방 접종을 추진한다', '백신으로 얻은 면역은 진짜가 아니어서 건강한 사람은 해당 질병에 직접 걸려 진짜 면역을 얻는 것이 좋다'와 같은 주장을 펼치는 사람이 그 근거로 제시하는 사건이 1976년의 돼지 독감 백신 모라토리움이다. 소아마비 백신이 1960년대에 기적과 같은 성과를 거두며 백신은 질병으로부터 인류를 구할 안전하고 효과적인 방법이다는 인식을 심었다면 1976년의 돼지 독감 백신 모라토리움은 백신은 믿을 수 없고 위험하다는 편견을 만들었다.

실제로 오늘날의 백신 반대론자도 1976년의 돼지 독감 백신 모라토리움을 자기네 주장의 근거로 제시한다. 그런데 에드워드 제너가 개발한 천연두 백신과 루이 파스퇴르의 광견병 백신, 소크와 세이빈이 각각 개발한 소아마비 백신을 거쳐 오늘날에는 B형 간염 백신, MMR 백신, 일본 뇌염 백신, 수두 백신, 자궁 경부암 백신 등 수없이 많은 백신이 상용화되었다. 그리고 이 백신들은 이 순간에도 엄청나게 많은 사람에게 접종된다. 백신 반대론자의 주장처럼 백신이 위험하고 믿을 수 없다면 1976년의 돼지 독감 모라토리움 같은 사건이 매년 발생해야 하지 않을까? 물론 그들은 정부와 제약 회사가 희생자를 숨기고 사건을 은폐한다고 말한다. 그런데 세계 곳곳에서 발생하는 심각한 재앙을 그런 식으로 은폐하고 숨기는 것이 가능할까? 심지어 백신 반대론자가 주장을 뒷받침하는 근거인 1976년 돼지 독감 백신 모라토리움조차 살펴보면 정상적인 과정을 거친 백신은 안전하다는 점을 시사한다. 1976년의 돼지 독감 백신은 처음부터 정상적이지 않은 과정, 그러니까 과학적이지 않은 방식으로 개발되고 접종되었기 때문이다.

포드 전 대통령이 미국의 모든 남성, 여성 그리고 아이에게 돼지 독감 백신을 접종하자고 말했을 때, 돼지 독감이 스페인 독감에 버금가는 유행을 일으킬 수 있다는 과학적 근거가 전혀 없었다. 아예 해당 돼지 독감이 인간에게 강한 전파력을 지녔는지도 분명하지 않았다. 또 단순히 너무 빨리 백신을 개발한 것이 아니라 효과와 안전성을 충분히 검증하지 않았다. 덧붙여 백신 모라토리움을 이끌어 낸 길랑-바레 증후군의 증가도 여론을 선동하는 음모론자의 주장이 아니라 통계적 근거가 있는 의료계의 연구로 밝혀졌다.

따지고 보면 모든 유사 의학자들은 매우 비슷하게 행동한다. 창조 과학자는 자기네 학설을 증명하는 대신 진화론의

1장 당신은 의학을 믿습니까?

약점을 공격한다. 흥미롭게도 창조 과학자가 진화론이 틀렸다고 주장하는 내용은 이미 과학적으로 검증되어 폐기된 과거의 학설이 대부분이다. 그러니까 그런 학설이 과학적 근거에 따라 폐기되는 것은 진화론이 틀렸다는 주장이 아니라 진화론은 과학적 근거에 기반한다는 사실을 증명한다. 의학도 마찬가지다. 백신 반대론을 비롯하여 현대 의학을 부정하는 숱한 유사 의학자가 현대 의학은 허구라며 제시하는 내용의 대부분은 현대 의학은 근거 중심주의에 기반하여 검증하는 과학이라는 주장을 입증한다.

물론 유사 학문의 달콤한 선동에 빠진 사람은 이 모든 이야기도 주류 의학계의 구성원이 말하는 궤변이라 치부하겠지만.

폴 브로카와 왕의 DNA

환자는 하얗고 긴 머리카락이 도드라진 중년 여성이었다. 또래의 대부분이 단발머리 혹은 '아줌마 파마'라 불리는 뽀글 뽀글한 머리카락을 지닌 것과 비교하여 확실히 눈에 띄었다. 평균에 가까운 키에 약간 마른 체격이었으며 옷차림이 깔끔하고 단정했다. 일상의 소소한 업무에서 마주하면 유쾌하게 일을 진행할 수 있는 사람처럼 보였다. 실제로 환자의 빙긋 웃는 표정은 매우 아름다웠다.

"오른손 드세요."

환자는 힘껏 오른손을 들었다.

"이번에는 왼손을 드세요."

환자는 조금 부끄러운 듯한, 혹은 너무 쉬운 일을 요구해서 머쓱한 듯한 표정으로 왼손을 번쩍 들었다.

"귀를 잡으세요."

오른손과 왼손을 들라고 요구한 후에 이제는 귀를 잡으라니! 그 상황만 보면 이해하기 힘든 모습이었을 것이다. 중년을 넘어 노년에 다가서는 여성에게 유치원생에 어울릴 법한 행동을 요구했기 때문이다. 그러나 나는 매우 진지했다. 환자와 동행한 보호자의 얼굴에는 걱정이 가득했다.

"휴대 전화를 꺼내세요."

환자는 주섬주섬 주머니를 뒤져 휴대 전화를 꺼냈다.

"성함이 어떻게 되세요? 환자분의 이름이 무엇인가요?"

이번에도 환자는 빙긋 웃었다. 그러나 대답하지 못했다. 아주 간단하고 쉬운 질문이었으나 입술을 열고 혀를 굴려 이름을 말하지 못했다.

"오늘이 무슨 요일인가요?"

여전히 환자는 빙긋 웃기만 했다.

"여기가 어딘가요?"

마찬가지였다. '응급실' 혹은 '병원' 같은 간단한 단어를 말하지 못했다. 지켜보던 보호자의 표정이 걱정과 불안으로 어두워졌다.

"오른쪽이면 오른쪽, 왼쪽이면 왼쪽, 한쪽의 팔다리가 마비되는 것, 발음이 어둔해지는 것, 팔다리의 근력은 정상이지만 비틀거리며 걸을 수 없는 것, 이런 증상이 뇌졸중의 전형입니다. 흔히 중풍이라 부르는 질환이죠. 조금 자세히 구분해 봅시다. 뇌에 혈액을 공급하는 혈관이 막히면 뇌경색이고, 그 혈관이 터지면 뇌출혈입니다."

환자와 보호자에게 뇌졸중을 간략하게 설명했다.

"안타깝게도 환자분의 증상도 뇌경색에 해당할 가능성이 큽니다. 조금 드문 증상입니다만 뇌의 언어 중추, 그중에서도 말을 이해하는 영역은 괜찮으면서 말하는 기능과 관련된 부분에 작은 경색이 발생하면 지금처럼 말을 이해하지만 대답하지 못하는 증상이 발생합니다. CT와 MRI를 촬영해서 정말 뇌에 문제가 발생했는지 확인하도록 하겠습니다."

뇌졸중은 뇌경색이나, 뇌출혈이나 응급실에서 자주 접하는 질환이다. 다만 환자의 증상은 다소 특이했다. 대부분의 뇌졸중 환자는 의식 저하, 편마비, 보행 장애 같은 증상을 호소한다. 실어증도 종종 발생하나 환자처럼 다른 증상은 전혀 없으면서 말하는 기능만 감소한 사례는 흔하지 않다. 물론 말을 이해하는 부분에는 문제가 없으면서 말하는 부분에만 손상이 발생하면 환자와 같은 증상이 발생한다. '브로카 실어증'이라 불리는 이 질환은 역사가 꽤 깊다.

폴 브로카는 19세기 프랑스에서 활동한 외과 의사다. 이른바 '현대 의학의 여명기'를 산 선구자답게 많은 업적을 남겼고 의학을 넘어 인류학에도 크게 공헌했다. 특히 그는 외과 의사로 경력을 시작했음에도 인간의 머리에 흥미를 느꼈다. 당시 유행한 우생학과 골상학에도 크게 영향을 받아 두개골의 형태 같은 유사 의학에도 관심이 많았으나 의사답게 뇌의 기능을 규명하는 것에도 열정을 쏟았다.

그러던 중, 1861년 4월 11일 아주 흥미로운 환자가 브로카에게 전원했다. 상처 감염으로 인한 패혈증으로 사망 직전에 이른 50대 남성이었는데 그 자체는 그리 특별하지 않았다. 항생제가 없고 소독법도 확립되지 않은 시대라 감염이 주요 사망 원인에 해당했기 때문이다. 다만 환자의 병력이 독특했다. 환자는 어린 시절부터 뇌전증을 앓으면서도 노동자로 일하며 평범한 일상을 유지했으나 서른 무렵 갑작스레 말하는 능력을 잃었다. '통(프랑스어로 tan)'이란 단어 외에는 아무것도 말할 수 없었지만 다른 사람의 말을 잘 이해했고 전반적인 지능도 정상에 가까웠다. 그러나 노동자로 일하기는 어려웠다. 게다가 매우 가난했고 돌봐 줄 가족도 없었다. 그래서 그때부터 20년 남짓한 세월을 정신 병동에서 지냈다. 그러다가 상처 감염으로 사망할 단계가 되자 겨우 그곳을 벗어나 브로카의 외과 병동으로 전원했다.(19세기의 정신 병동은 '환자를 치료하는 곳'보다 '사회에서 격리하여 수용하는 곳'에 가까웠다. 병원이란 명칭이 부끄러울 만큼 위생도 불량했고 환경도 좋지 않아 감염병이 매우 흔했다.) 하지만 앞서 말한 것처럼 당시에는 상처 감염에 효과적인 치료가 없었다. 결국 안타깝게도 환자는 1861년 4월 17일 사망했다. 그러자 환자의 독특한 실어증을 흥미롭게 지켜본 브로카는 즉시 부검을 시행했다. 부검 결과, 환자의 왼쪽 전두엽에서 오랫동안 손상받은 병변을 발견했다. 브로카는 해당 부위가 말하는 능력을 담당한다고 결론 내렸다. 브로카의 학설은 훗날 다양한 연구를 통해 사실로 밝혀졌고 오늘날에도 해당 부위가 손상되어 발생한 말하는 능력의 상실을 '브로카 실어증'이라고 부른다.

인간의 뇌는 매우 신비한 장기다. 인류가 처음에는 심장을 '영혼이 머무르는 곳'으로 착각했으나 머리를 다치고 살아남은 사람들의 특이한 행동으로 뇌의 중요성에 조금씩 눈떴다. 19세기에 도달하면서 브로카 같은 선구자가 뇌의 비밀을 풀기 시작한다. 그 흐름은 오늘날에도 계속된다. 요즘에는 기능 자기 공명 영상법(fMRI)과 같은 영상 의학 장비를 사용하여 뇌의 기능을 훨씬 자세히 밝혀낸다. 그뿐만 아니라 뉴런과 신경 전달 물질 같은 분자 생물학의 수준에서 뇌를 탐구한다.

하지만 뇌는 여전히 신비로운 장기다. 그간 많은 발견이 있었음에도 아직 커다란 부분이 수수께끼다. 심지어 알츠하이머병조차 발병기전(질병이나 장애가 발생하는 과정 중에 일어나는 현상과 반응)이 완벽하게 규명된 것은 아니다.

그래서 온갖 유사 의학이 교묘히 파고든다. 현대 의학이 아직 객관적으로 규명하지 못했다는 말이 온갖 상상력을 동원하여 공백을 채워도 좋다는 뜻이 아님에도 많은 사람이 그럴듯한 '뇌피셜'을 주장하고 나아가 거기에 기반하여 돈을 번다. 뇌 과학이란 단어는 '진지한 과학'이 틀림없으나 서점에 가서 그 단어로 검색하면 '뇌 과학에 기반한 공부법', '약물 치료 없이 정신 질환을 치료하는 법', '뇌 과학에 기반하여 치매를 예방하는 법' 같은 책들이 등장하는데 베스트 셀러일수록 근거 중심주의에 기반한 의학이 아니라 '뇌피셜'에 근거한 유사 의학인 경우가 많다.

최근 여론을 달군 '왕의 DNA 사건'도 그런 유사 의학이 만든 해프닝일 가능성이 크다. 교육부 사무관이 담임 교사에게 우리 아이는 왕의 DNA를 지녔으니 특별히 대우하라고 요구한 근거가 좌우 뇌를 균형 있게 사용하면 ADHD 같은 질환을 고칠 수 있다는 유사 의학에 기반했기 때문이다.

참고로 브로카도 말년으로 갈수록 유사 의학에 빠졌다. 브로카 실어증을 발견하는 업적을 남겼으나 '유전적으로 가까운 인종끼리의 결혼은 생존에 유리하지만, 유전적으로 먼 인종끼리의 결혼은 생존에 불리하다'와 같은 인종주의를 주장했다. 그렇다면 둘의 차이는 무엇일까? 대답은 매우 간단하다. 브로카 실어증은 객관적인 근거가 있지만 후자는 객관적 근거가 없다. 그게 '진짜 의학'과 '유사 의학'의 확실한 차이다.

확증 편향과 집단 사고

음압이 유지되는 격리실은 에어컨을 틀지 않아도 시원했다. 다만 음압 격리실까지 필요한 상황은 아니었다. 평범한 격리실로 충분했다. 그러나 응급실에 있는 격리실에는 모두 음압기가 설치된 상태였다. 음압이 딱히 해로운 것은 아니었지만 이중 구조로 된 문과 창백한 조명, 밝고 옅은 베이지 색의 벽과 바닥은 은근히 모두를 짓눌렀다.

그 격리실에는 환자와 나, 둘만 있었다. 환자는 마스크를 착용하고 침대에 누워 있었다. 가을의 문턱을 훌쩍 넘었어도 아직 '추위'란 단어가 어울리지 않는 날씨였으나 그는 양털을 꼬아 만든 모자를 쓰고 가디건을 입었다. 몸통뿐만 아니라 팔다리에도 근육과 지방이 사라져서 양털 모자와 가디건이 환자를 지탱하는 것만 같았다. 나는 짙은 청색의 근무복을 입고 마스크를 착용했으며 손에는 장갑을 낀 차림으로 천천히 입을 열었다.

"당분간 가열한 음식만 먹을 수 있습니다. 그러니까 끓이지 않은 음식은 드실 수 없습니다."

의사가 원하는 방식으로 늘어놓는 것이 아니라 환자가 쉽게 이해하는 것이 좋은 설명이다. 그래서 다시 덧붙였다.

"예를 들어 요구르트는 마실 수 없습니다. 가열된 음식이 아니니까요. 생선회와 채소 절임도 마찬가지입니다. 가열하지 않았으니까요. 치즈도 먹을 수 없고 김치도 먹을 수 없습니다. 생수도 당연히 안 됩니다. 아무리 정수기를 거쳤어도 가열하지 않았으니까요. 같은 이유에서 과일도 드실 수 없습니다."

환자가 천천히 고개를 끄덕였고 나는 설명을 계속했다.

"김치를 끓였다면 드실 수 있습니다. 토마토를 드시고 싶다면 토마토를 삶아야 합니다. 된장찌개를 드실 수 있으나 낫토는 안 됩니다."

물론 그렇게까지 설명하지 않아도 환자가 이해했을 가능성이 컸다. 환자는 이전에도 항암 화학 요법을 경험했기 때문이다. 그런 환자에게 이런 상황은 낯선 상황이 아니었다.

환자의 상황을 간략하게 설명하면, 우선 항암제는 암세포를 공격하는 약물이다. 그렇다면 항암제는 어떻게 정상 세포와 암세포를 구분할까? 면역 항암제나 표적 항암제 같은 새로운 항암제는 조금 다르나 통상적인 항암제는 지나치게 빨리 분열하는 세포를 공격한다. 끝없이 성장하고 분열하여 인체를 소모시키는 것이 암세포의 특징이기 때문이다. 그런데 인체에는 다른 세포보다 훨씬 빨리 분열하는 정상 세포도 존재한다. 머리카락을 만드는 모공, 소화관의 점막, 혈액을 만드는 골수가 그런 세포로 이루어진 조직이다. 그래서 항암제를 투여하면 그런 조직에도 문제가 발생한다. 머리카락이 빠지고 위장 장애에 시달린다. 여기까지는 괴로워도 치명적이지 않은 부작용이다.

골수가 억제되면 빈혈과 혈소판 감소증이 발생할 수 있다. 무엇보다 백혈구의 숫자가 지나치게 감소하면 면역이 약화하여 평소라면 문제를 일으키지 않는 세균과 바이러스조차 치명적인 감염을 일으킨다. 특히 백혈구 중에도 세균의 감염을 억제하는 호중성구가 지나치게 감소하는 부작용, 이른바 '호중성구 감소증'은 항암제의 아주 심각한 부작용이다. 호중성구 감소증이 심한 환자는 감염을 막아 줄 방어막이 사라진 것이나 마찬가지여서 역 격리가 필요하다. 전염병에 걸린 환자를 격리하여 나머지 건강한 사람들을 보호하는 것이 일반적인 격리라면 역 격리는 나머지 건강한 사람들로부터 환자를 보호하는 개념이다. 대부분의 항암 화학 요법에서는 호중성구가 위험한 수준으로 감소했을 때만 역 격리를 시행한다. 그날의 환자도 그런 사례에 해당했다.

그런데 아예 처음부터 환자를 대상으로 역 격리를 시행하고 항암 화학 요법을 진행하는 질환도 있다.

백혈병 혹은 혈액암은 엄청나게 많은 질환을 뭉뚱그린 단어다. 암세포가 골수를 침범하여 혈액 세포를 필요한 만큼 만들지 못하거나 제대로 기능하지 않는 이상한 세포만 잔뜩 만드는 것이 공통적인 특징이다. 하지만 경과와 예후, 치료법이 질환마다 완전히 다르다. 몇 달 만에 급격히 악화하여 사망하는 경우도 있으나 악화와 회복을 반복하며 수 년에 걸쳐 진행하기도 한다. 치료하지 않아도 꽤 오랜 기간을 생존하는 경우도 있다. 백혈병은 적당히 증상을 통제하는 치료만으로 충분한 경우도 있지만 당장 골수 이식이 필요한 경우도 있다. 또 상당수의 백혈병은 항암제만으로 완치를 기대할 수 있다.

그런데 백혈병 혹은 혈액암의 항암 화학 요법은 다른 암과 비교해도 훨씬 고통스럽다. 앞서 살펴본 것처럼 다른 암의 항암 화학 요법에서도 호중성구 감소증이 발생하면 역 격리가 필요하지만 백혈병의 경우에는 처음부터 필수다. 암세포가 있는 곳이 골수라 다량의 항암제를 투여해 암세포를 완전히 파괴하면 골수의 기능도 극도로 저하되어 일시적으로 면역이 존재하지 않는 상태가 되기 때문이다. 그렇게 격리실에 홀로 수용된 상황에서 아무리 구토해도 사라지지 않는 구역질, 두통과 근육통, 끝나지 않을 것만 같은 오한과 발열이 엄습한다. 당연히 대부분의 환자는 심리적으로도 매우 불안정해진다. 다시는 겪고 싶지 않은 고통이 틀림없을 것이다.

그러다 보니 드물지만 역 격리에서 치료를 중단하고 퇴원하는 환자도 있다. 고용량의 항암제를 투여해서 암세포를 줄였으나 면역이 극도로 약해진 상태여서 역 격리를 거부하고 퇴원하면 대부분은 안타깝게도 사망한다.

그런데 환자가 젊고, 발병하기 전에 건강이 좋은 경우에는 생존하기도 한다. 그런 사례에서는 2~3주가 지나면 건강하다고 느낄 만큼 회복한다. 호중성구 감소증에서 살아남았을 뿐만 아니라 고용량의 항암제를 투여한 덕분에 암세포가 대부분 사라져서 골수가 기능을 회복했기 때문이다. 그런 상황에서 1~2차례만 항암 화학 요법을 추가로 시행하면 완치를 기대할 수 있다.

그러나 그런 운 좋은 환자가 추가적인 항암 화학 요법을 받을 가능성은 크지 않다. 특히 역 격리를 거부하고 퇴원한 후에 종교적 믿음이나 민간요법, 대체 의학에 의지했다면 가능성은 아예 없다. 환자는 종교적 기적, 민간요법 혹은 대체 의학의 효과가 자신을 회복시켰다고 믿을 것이며 그런 분야의 유사 의학자가 주장하는 것처럼 현대 의학은 오히려 해롭다고 생각할 것이다.

그래서 환자는 추가적인 항암 화학 요법을 거부하고 종교적 믿음, 민간요법 혹은 대체 의학에 매달릴 것이다. 그런 분야의 유사 의학자와 함께 자신의 회복을 널리 알리며 기적을 간증할 것이다. 그러다가 1~2년쯤 지나면 다시 백혈병의 증상이 발생할 것이다. 최초의 항암 화학 요법이 암세포를 대부분 제거했으나 살아남은 극소수의 암세포가 조금씩 숫자를 불려 돌아온 것이다. 그때라도 다시 항암 화학 요법을 시행하면 회복을 기대할 수 있으나 환자는 상황을 다르게 해석할 것이다. 신을 향한 믿음이 약해서, 현대 의학의 해로운 치료가 남긴 흔적을 '자연의 힘'으로 모두 씻어 내지 못해서, 몸의 균형을 아직도 바로잡지 못해서, 암이 돌아왔다고 판단하여 더욱 그런 유사 의학에 집중할 것이다. 결국 환자는 몇 주나 몇 달 후 치료 가능한 백혈병으로 죽음을 맞이할 것이다.

암 환자를 직접 혹은 간접으로 담당하는 임상 의사에게 위와 같은 사례는 낯설지 않다. 객관적으로 바라보면 모든 증거가 항암 화학 요법을 시행하라고 가리키지만 유사 의학에 빠진 환자는 완전히 다르게 해석한다. 종교적 믿음이나,

민간요법이나, 대체 의학이나, 편협한 관점에서 끼워 맞추면 객관적 증거를 아무리 들이밀어도 설득할 수 없다. 특히 환자 곁에 비슷한 관점을 공유하는 집단이 있으면 상황은 더욱 최악으로 치닫는다. 확증 편향과 집단 사고가 결합하면 낭떠러지가 빤히 보여도 그곳이 '구원으로 향하는 길'이라 믿으며 돌진한다.

이런 현상은 유사 의학에 빠진 환자에 그치지 않는다. 사회의 다양한 부분에서 쉽게 목격할 수 있다. 확증 편향에 빠져 사실을 왜곡하고 비슷한 생각을 지닌 부류와 뭉치기 시작하면 합리적인 지식인도 순식간에 말이 통하지 않는 광신자가 된다. 객관적인 증거를 들이밀며 그게 아니라고 아무리 설득해도 효과가 없다. 재앙이 눈앞까지 다가와도, 심지어 자신이 파멸하는 순간에도 깨닫지 못한다. 유사 의학에 빠진 사람을 자주 목격하는 의사조차 이런 확증 편향과 집단 사고에서 자유롭지 않다.

그러니 흉흉한 소식이 뉴스를 점령하고 사회가 극단으로 치달으며 갈등과 분쟁이 잦아지는 시기에 우리가 혹시 확증 편향과 집단 사고에 빠지지 않았는지 한 번쯤 돌아보는 것이 좋지 않을까?

당신은 함께 사는 사회를
원합니까?

대유행이 남기는 것

"지도 전문의 수련 병원에서 전공의를 교육하고 감독하는 전문의, 대개는 의과 대학 교수와 갈등이 생긴 전공의에게 들려줄 조언이 있나요?"

"전공의가 지도 전문의에게 밉보이면 관계를 회복하기 어렵습니다. 한 번 미운 녀석은 늘 밉기 마련이죠. 쉽게 고칠 수 있는 특정한 부분이 싫은 것이 아니라 그 개인의 고유한 특징 자체가 미울 가능성이 크니까요. 그러니 그냥 포기하세요. 잘 보이겠다는 헛된 바람을 버리고 그냥 같이 부딪히면 됩니다. 또박또박 말대답하고 전문의의 지시를 비판적으로 따진 다음에 알아서 행동하세요. 사실 전공의를 해고하기는 매우 어렵습니다. 생각해 봐요. 요즘 세상에 전문의가 전공의를 때리거나 폭언하면 어떻게 되겠어요? 알려지면 큰일

납니다. 그렇지만 전공의가 전문의에게 대드는 것은 상대적으로 안전해요. 얼마나 못났으면 전공의가 대드냐고 하겠죠. 그러니 전문의와 사이가 꼬인 전공의 여러분, 그냥 같이 맞받아치세요."

《응급실의 소크라테스》(포르체, 2020)를 출간하고 유튜브 채널에 출연했을 때 생긴 일이다. 의대생과 전공의 사이에서 꽤 알려진 유튜브 채널이었는데 평범하고 교훈적인 대답을 기대했던 인터뷰어는 경악했다. 전혀 예상하지 못했으리라. 이 장면은 안타깝게도 편집되었다. 아무래도 채널 입장에서는 부담스러웠을 것이다.

그렇지만 틀린 말은 아니다. 전공의는 교육받는 입장이라 제도적으로 보호받는다. 아주 심각한 잘못을 저지르지 않는 이상 잘리지 않는다. 그래서 전공의가 의학적 근거를 가지고 의문을 제기하면 전문의는 매우 힘들다. 나도 전공의 시절에는 그런 이점을 거리끼지 않고 누렸다. 그런데 전문의가 되니 상황이 달라졌다. 특히 지도 전문의로 일하는 요즘에는 매우 상냥할 수밖에 없다. 응급 의학과에 소속한 전공의뿐만 아니라 다른 임상과 전공의에게도 마찬가지다. 상대가 다소 무례해도 정중한 태도를 잃지 않아야 한다.

그래도 수련 병원에서 지도 전문의가 누리는 특권은 있다. 응급실에 중환자가 도착했을 때, 상대적으로 안정적인 환자를 전공의에게 맡기고 해당 중환자에게 집중할 수 있는 점이다. 레지던트 시절에는 결코 누리지 못한 특권이다.

그날도 그랬다.

환자는 의식이 없었다. 무거운 세월이 좀먹어 쪼그라든 육체는 거칠게 숨을 몰아쉴 뿐, 통증에도 반응하지 않았다. 맥박은 있으나 너무 약해 혈압을 제대로 측정하지 못할 정도였다. 최근 쇠약이 진행됐고 하루 전부터 의식이 저하했다는 구급 대원의 연락에서 예상한 것과 크게 다르지 않은 상태였다. 즉시 기관 내 삽관을 시행해 인공호흡기를 연결했다. 중심 정맥 확보 후 승압제와 대량의 수액을 투여했고 정맥 항생제까지 처방한 다음, 격리실에서 나와 대기실로 향했다.

"환자가 평소 치료받는 질병이 있습니까?"

나는 매우 화가 난 상태였다. 냉정한 말을 쏘아 주고 싶었다. 보호자가 환자를 방치했다고 생각했기 때문이다. 일상생활이 가능했던 환자가 패혈증 쇼크에 빠질 때까지 병원에 데려오지 않았다고 판단했다. 그러나 보호자를 자세히 보는 순간, 화가 가라앉았다. 눈을 제대로 맞추지 못하는 태도, 어눌한 말투, 어쩔 줄 몰라 비벼 대는 손가락, 그것들을 미루어 봤을 때 '경계선 지능'인 듯했다. 별다른 도움이 없어도 일상생활이 가능하지만 복잡한 문제에는 제대로 대처하지 못하는 사람, 일반적으로 지능 검사 지수가 70~85인 경우가 경계선 지능이다. 다만 보호자의 연령을 감안하면 제대로 진단받거나 그에 따라 적절하게 교육받았을 가능성은 크지 않았다. 형제들은 모두 결혼하여 저마다 가정을 꾸렸고 경계선 지능인 보호자만 늙은 부모와 함께 사는 상황인 듯했다. 그러니 보호자는 환자를 방치한 것이 아니었다. 그저 환자가 정확히 어떤 상태인지 구분하지 못해 너무 늦게 병원에 데려왔을 뿐이었다.

"다른 형제분도 병원으로 오고 있습니까?"

보호자는 그렇다고 대답했다. 그래서 환자가 매우 위독하다고 간략하게 설명하고, 형제분이 도착하면 즉시 알려 달라고 부탁한 후에 응급실로 돌아왔다. 환자는 다소 안정됐으나 검사 결과가 나빴다. 흉부 X-ray에서는 심한 폐렴이 확인되었고 혈액 검사에서는 대사성 산증(몸의 산과 염기 균형에 이상이 생기는 심각한 전해질 장애)이 매우 심했다. 또한 백혈구 수치가 증가하고 신장 기능이 현저하게 감소했다. 그런 결과로 미루어 봤을 때 환자는 폐렴으로 인한 패혈증에 해당했다.

그때 다른 보호자가 도착했고 다시 대기실로 향했다.

"환자분은 열흘 전부터 점점 쇠약해졌고 어제 오후부터 의식이 저하됐다고 합니다. 어제는 몸이 좋지 않아 일찍 주무신다고 생각했으나 오늘 아침에 일어나지 않아 119에 신고했고, 구급 대원이 현장에서 확인하니 의식이 전혀 없는 채로 호흡 곤란이 심했습니다. 우리 응급실에 도착했을 때도 호흡이 매우 불규칙했고, 맥박이 있으나 너무 약해 혈압이 측정되지 않는 상태였습니다. 그래서 즉시 인공호흡기 치료를 시작했고 혈압을 올리고자 대량의 수액과 승압제를 투여했습니다. 아직 시행하지 못한 검사가 많습니다만 지금까지 나온 검사만으로도 폐렴이 심하고 신장 기능도 심각하게 저하된 것을 확인했습니다."

슬픔과 절망이 보호자의 얼굴에 내려앉았다. 단어들이 나의 입을 떠날 때마다 보호자의 얼굴이 점점 어두워졌다.

"간략하게 설명하면 패혈증입니다. 패혈증은 감염이 특정 장기에 국한하지 않고 혈액을 타고 몸 전체에 퍼져 다양한 장기를 파괴하는 질환을 의미합니다. 환자의 경우, 패혈증의 원인은 폐렴이며 폐렴 자체도 매우 심각해서 현재 인공호흡기를 부착한 상태입니다. 인공호흡기 치료가 필요한 폐렴과 패혈증은 하나만으로도 아주 무서운 질환입니다. 비교적 젊고 건강한 사람도 사망할 가능성이 큰 질환이라 환자의 경우에는 예후가 매우 좋지 않을 것 같습니다. 단도직입적으로 말씀드리면 환자는 사망할 가능성이 매우 큽니다. 솔직히 앞으로 몇 시간도 버티지 못할 가능성이 있습니다."

보호자는 얼어붙었다. 경계선 지능으로 추측되는 보호자

는 안절부절 불안해했다. 짧은 정적이 흐른 후, 보호자가 건넨 '최선을 부탁합니다'라는 말에 고개를 끄덕인 후에 응급실로 돌아왔다.

안타깝게도 불길한 예상은 빗나가지 않았다. 보호자들에게 음울한 통보를 전하고 1시간도 지나지 않아 심정지가 발생했다. 30분에 걸친 심폐 소생술에도 환자가 회복하지 못해 보호자에게 상황을 알리고 사망을 선언해야겠다고 판단할 무렵, 격리실 밖에서 간호사가 다급하게 외쳤다.

"코로나19 PCR이 양성입니다!"

코로나19에 걸리지 않았더라도 치료에는 별다른 차이가 없었다. 폐렴으로 인한 패혈증은 병원체가 무엇이든 응급실에서의 치료는 크게 다르지 않다. 즉시 기관 내 삽관을 시행하여 인공호흡기를 연결하고 대량의 수액과 승압제를 투여해서 혈압을 올려야 한다. 세균이나, 바이러스나, 진균이나 거기까지는 비슷하다.

다만 코로나19 양성으로 확인되면서 환자가 응급실에 도착하기 전까지 일어났을 과정의 퍼즐이 맞추어졌다. 아마도 코로나19에 감염된 사람은 환자만이 아니었을 것이다. 환자와 함께 사는 보호자, 그러니까 경계선 지능인 보호자도 함께 감염되었을 가능성이 크다. 다만 보호자는 환자보다 젊고 건강해서 폐렴으로 악화되지 않은 듯했다. 둘은 비슷한 시기에 발열, 근육통, 쇠약을 겪었으나 대수롭지 않게 생각했을 것이다. 다른 형제들이 환자의 안부를 물으며 전화했겠으나 요즘 밥을 잘 드시지 않는다는 말을 심각하게 받아들였을 가능성은 크지 않다. 그저 입맛이 없다고 판단했을 것이다. 응급실에 내원하기 하루 전, 폐렴이 패혈증으로 악화하며 의식을 잃었으나 함께 사는 보호자는 그저 일찍 주무신다고 생각했을 것이다. 다음 날 아침에 환자가 일어나지 않자 그제야 119에 신고했을 것이다.

안타깝고 씁쓸한 일이 틀림없으나 잘못을 저지른 사람도, 비난받아 마땅한 사람도 없다. 우리는 다른 사람에게 일어난 일을 너무 쉽게 판단하고 함부로 비난하지만, 정작 그런 상황에서 자신은 다르게 행동할 수 있을지 헤아리는 경우는 매우 드물다. 그날의 일은 우리 사회가 처한 상황과 코로나19 대유행이 만든 결과일 뿐이다.

그 사내의 이야기

사내는 거의 매일 술을 마셨다. 얼마나 마셨는지 정도의 차이만 있었을 뿐이다. 당연히 취하지 않은 상태, 그러니까 맑은 정신으로 하루를 마무리 짓는 경우는 극히 드물었다. 자신이 어떻게 잠들었는지 기억할 수 있는 날은 매달이 아니라 매년 손가락으로 헤아릴 수 있는 범위에 불과했다.

물론 사내도 처음부터 그런 심각한 주정뱅이는 아니었을 것이다. 중년에 접어들 때까지도 또래의 다른 남성과 크게 다르지 않았을 가능성이 크다. 음주에 관대하고 거친 말과 행동이 만연한 남성 사회에서 성장한 터라 술을 가까이 두고 즐겼으나 구제할 수 없는 술꾼으로 손가락질받는 수준은 아니었다. 다만 어느 순간부터 숙취에 시달려 다음 날 업무를 그르치는 사례가 늘어났다. 술에 취한 상태에서 주변 사람과 실랑이를 벌이며 욕설을 퍼붓고 멱살잡이를 하는 일도 많아졌다. 급기야 그런 드잡이가 주먹다짐으로 커지거나 몸을 제대로 가누지 못해 쓰러지며 여기저기 다치는 상황이 발생했다. 두피가 찢어지고 손가락과 손목이 부러졌으며 눈덩이가 붓거나 이마가 찢어지는 일이 사내에게는 하나의 일상으로 자리 잡았다.

그날도 그랬다. 사내는 정신을 잃을 때까지 술을 마셨다. 그래도 겨우 집까지 찾아갔으나 현관에서 발을 헛디뎠다. 맑은 정신이면 발목을 삐어 며칠 동안 고생할 정도의 일이었으나 알코올에 취한 뇌는 몸을 제어하지 못했다. 사내는 크게 고꾸라져 머리를 부딪혔다. 그 소리에 가족이 나와 사내를 부축했고 응급실에 가자고 말했으나 사내는 완강히 거부했다. 머리를 세게 부딪혔으나 두피가 찢어지지 않았고 응급실에 가지 않겠다고 주장할 만큼 '멀쩡해' 보였기에 가족도 더는 설득하지 않았다.

그러나 다음 날 아침에 일어나자 사내는 깜짝 놀랐다. 몸의 왼쪽이 제대로 움직이지 않았기 때문이다. 가족도 마찬가지였다. 다급하게 119에 신고했고 구급대의 도움을 받아 응급실을 방문했다.

그때부터 상황은 사내와 가족이 전혀 상상하지 못했던 방향으로 흘러갔다. 의료진은 사내를 응급실 내부의 중환자 구역에 수용했고 즉시 머리 CT를 촬영했다. CT를 확인한 의료진은 '외상성 경막하 출혈(뇌를 둘러싼 경막 아래에서 출혈이 발생한 것)'이란 생경한 병명을 말했다. 그리고는 응급 수술이 필요하며 생명에는 지장이 없겠지만 영구적인 장애가 남을 가능성이 크다고 선고했다. 그때까지만 해도 사내와 가족은 생명을 구할 수 있다는 말에 안도했고 나머지는 모두 '의사의 겁주기 허풍'이라 생각했다.

의료진의 선고는 조금도 빗나가지 않았다. 사내는 생명을 구했다. 의식이 명료해서 생각하고 말하는 것에도 문제가 없었다. 다만 몸의 왼쪽을 여전히 움직이지 못했다. 며칠이 지나도 상황은 전혀 나아지지 않았다. 보름 남짓한 시간이 흐르자 의료진은 앞으로 평생토록 몸의 왼쪽을 사용하지 못할 것이라는 말과 함께 사내를 재활 병원으로 전원시켰다.

내가 응급실에서 사내를 마주한 것은 2년 후였다. 사내는 2년 동안 재활 병원과 요양 병원을 전전했으나 왼쪽 편마비는 전혀 호전되지 않았다. 사내는 우울증에 빠졌고 그러면서 상황이 점차 악화했다. 처음에는 힘겹게 걸을 수 있었으나 곧 휠체어에 의존했다. 다음에는 아예 침대에 누워 일어나지 않으려 했다. 그러자 온갖 문제가 발생했다. 욕창이 생기기 시작했고 요로 감염과 폐렴이 번갈아 찾아왔다. 내가 사내를 마주했을 때는 반복된 요로 감염으로 신부전이 발생했고 거기에 폐렴까지 겹쳐 패혈증으로 악화된 상황이었다. 환자는 여전히 의식이 명료했고 호흡 곤란은 심하지 않아 아직 인공호흡기를 연결한 상황은 아니었다. 그러나 혈압이 떨어지고 심박수가 증가해서 패혈증 쇼크가 임박한, 아주 심각한 상태였다. 중심 정맥관을 삽입하고 승압제 투여를 시작했다. 환자와 보호자에게는 세균이 폐에 국한하지 않고 혈액을 따라 온몸에 퍼져 독을 뿌리는 상황이며 신장 기능도 나쁜 상태라고 이야기했다. 덧붙여 최선을 다해 치료하겠지만 그럼에도 회복하지 못할 위험이 크다는 말을 전할 수밖에 없었다.

여기까지는 매우 평범한 상황이다. 개인에게는 큰 비극이 틀림없으나 응급실에서 자주 접할 수 있는 전형적인 사례에 해당한다. 알코올 의존증을 지닌 중년 남성에게 언제든 일어날 수 있는 최악의 시나리오일 뿐이다.

그런데 사내에게는 독특한 부분이 있었다. 가족과 사내가 주고받는 발음이 독특했다. 그들은 내가 경상도 방언 특유의 빠르고 억센 억양으로 말해도 정확하게 이해할 만큼 한국어가 유창했지만 그들의 발음과 억양은 무척 생경해서 북한을 배경으로 하는 드라마에나 어울릴 듯했다. 다시 돌이켜 보면 그들은 재중동포 혹은 중국 출신 이주민일 가능성이 컸다.

재중동포 혹은 중국 출신 이주민이라는 사내의 정체성을

밝히면 완전히 다른 의미를 지닌 이야기가 된다. 앞서 말한 것처럼 사내의 사례는 알코올 의존증이 있는 중년 남성에게 종종 일어나는 비극이다. 한국에서 태어나 자란 사람, 소위 '토종 한국인'이란 부류에게서도 똑같이 발생한다. 사내의 정체성을 밝히지 않고 이야기를 들려주면 대부분의 의료인은 응급실에서 종종 마주하는 일이 아니냐며 시큰둥하게 말한다. 그러나 사내가 중국 출신인 것을 알려 주면 반응이 달라진다. '역시 조선족과 중국인은 술을 좋아하고 미개하다', '한국인이 낸 의료 보험에 중국인이 뻔뻔스레 무임승차하는 사례다', '이래서 외국인 노동자를 함부로 받으면 안 된다'고 반응한다. 의료인이 아닌 다른 사람의 반응도 비슷하다. 사내의 출신을 알려 주지 않으면 '안타까운 일이네', '현실이 드라마보다 훨씬 극적이네'와 같은 반응을 보이지만 중국 출신임을 밝히면 '역시 중국인은 거칠고 어리석다', '우리 세금으로 만든 복지 제도를 악용한다'와 같은 예민하고 공격적인 태도를 보인다.

인간은 끝없이 이주하는 동물이다. 우리의 선조가 아프리카에서 출현한 이래 인류는 끊임없이 더욱 나은 삶을 찾아 이주했다. 엄밀히 따지면 토종이니 토착이니 하는 개념을 인간에게 적용하기 어렵다. 역사 시대가 시작한 후의 한반도만 살펴봐도 그렇다. 하늘에서 내려왔다고 주장하는 단군의 무리는 시베리아에서 이동한 이주민일 것이다. 처용 같은 극적인 사례를 말하지 않아도 삼국의 건국 신화에는 외부에서 이주한 것으로 추정할 수 있는 세력이 등장한다. 발해 유민, 고려 후기의 몽골인, 조선 초기의 여진족과 오늘날의 다문화 가정까지 한반도에는 늘 누군가가 새롭게 이주했다. 그뿐만 아니라 한국인도 '디아스포라'라고 불러도 좋을 만큼 일본과 중국, 중앙아시아, 하와이, 미국 본토로 활발하게 이주했다.

사실 순수한 혈통은 일반적으로는 가능하지 않으며 대표적인 원주민의 예로 아프리카의 부시맨 혹은 호주의 에보리진처럼 오랫동안 외부와 단절되어 순수한 혈통을 유지한 공동체는 매우 취약할 뿐이다. 히틀러와 나치가 말하는 아리안 혈통은 허구의 개념이며 독일인이야말로 유럽에서 가장 많은 민족이 섞인 존재다.

이런 고상하고 학문적인 논의를 떠나 현실적인 면을 봐도 마찬가지다. 병원에서 마주하는 간병인은 재중 동포와 중국 출신 이주민의 비중이 크다. 광역 버스를 타고 수도권 외곽으로 가면 낯선 외모와 생경한 억양을 지닌 사람을 쉽게 만날 수 있다. 그들 대부분은 우리가 필요에 따라 부른 존재이며 그들이 없으면 우리 사회를 유지하기 어렵다. 앞으로 그런 경향은 더욱 짙어질 것이다. 그들의 이주를 허용할 것인

지, 막을 것인지 따위는 이제 논쟁의 대상이 아니다. 그들을
어떻게 우리 사회에 조화롭게 수용할 것이며, 그들과 우리가
어떻게 하면 긍정적인 영향을 주고받을 수 있을지를 구체적
으로 고민해야 한다.

응급실에서는 참아 주세요

중년 남성 셋이 환자 분류소에 도착했다. 모두 안경을 착용했고 조금씩 차이가 있으나 키가 아주 큰 사람은 없었다. 다소 마른 사람도 있고 배가 적당히 나온 사람도 있으나 어깨와 팔다리로 미루어 봤을 때 거친 육체노동을 경험한 사람은 없는 듯했다. 그들은 꽤 비싼 골프복에 말끔한 외투를 걸친 차림새였다. 당시 나는 아직 레지던트였지만 어렵지 않게 그들의 직업을 알아차릴 수 있었다. 그들은 의사일 가능성이 컸다.

예상은 정확했다. 셋은 각각 정형외과 전문의, 내과 전문의, 흉부외과 전문의였고 서로 의과 대학 동창인 관계였다. 그들은 휴일을 맞이하여 오랜만에 함께 골프를 쳤는데 라운딩이 끝날 무렵 내과 전문의가 흉통을 호소해서 응급실을 찾은 상황이었다. 정형외과 전문의와 흉부외과 전문의는 보호자였고 내과 전문의가 환자였다.

내과 전문의, 즉 환자는 별다른 기저 질환이 없었다. 이전에는 흉통을 경험하지 않았으며 숨 쉴 때마다 오른쪽 가슴이 아프다고 호소했다. 혈압은 정상 범위였으나 분당 맥박 수가 다소 빠르고 체온이 38도였다. 더불어 며칠 전부터 근육통과 오한이 있었다고 했다.

나는 환자의 질환이 폐렴일 것이라고 판단했다. 물론 폐는 통증을 거의 느끼지 못해서 숨 쉴 때 생기는 흉통이 폐렴에서 아주 흔한 증상은 아니다. 다만 흉막에는 감각 신경이 있어 폐렴의 위치에 따라 숨 쉴 때 흉통이 발생할 수 있다. 다행히 환자의 심전도는 정상 범위였다. 그래서 혈액 검사와 함께 흉부 CT를 권유했다. 환자는 고개를 끄덕이며 동의했으나 갑자기 정형외과 전문의가 못마땅한 표정으로 말했다.

"응급 의학과고 아직 레지던트라 잘 모르는군. 이게 무슨 폐렴이야! 골프 치다가 늑골 골절이 생겼고 골절 부위에 늑간 신경이 끼어 발생한 통증이야. 폐렴은 무슨 폐렴, 그냥 진통제만 주면 될 것을 CT까지 찍어? 과잉 진료잖아!"

전문의로 응급실을 책임지는 요즘에야 비슷한 상황에도 차분하게 대응하지만 레지던트 시절에는 달랐다. 상대가 정형외과 전문의이고 의사 선배라도 그런 식으로 진료를 방해하면 참지 않았다.

"정형외과 문제만 생각하면 그렇게 착각할 수도 있겠죠. 그럼 발열은 왜 있을까요? 며칠 전부터 근육통과 오한이 있던 것은 어떻게 설명할까요? 뼈와 근육에만 머리를 박으며 생각하지 말고 좀 합리적이고 전체적으로 살피시죠. 세상에는 정형외과의 관점만으로는 해결할 수 없는 의학적 문제가 엄청나게 많습니다."

그러자 정형외과 전문의의 얼굴이 붉어졌다. 그리고는 목에 핏대를 세우며 소리쳤다. 의과 대학교 학번을 들먹이고 '여기서 근무하는 OOO 교수가 친구다', '응급 의학과 레지던트 따위가 어디서 주제넘게 구느냐' 등 다소 상투적인 훈계를 늘어놓았다. 다행히 흉부외과 전문의가 이런 상황은 응급 의학과의 전문 분야이니 일단 레지던트 선생의 의견을 따르자고 하여 상황이 일단락됐다.

그렇다면 CT의 결과는 어땠을까? CT에는 폐렴이 뚜렷했다. 폐렴의 위치로 미루어 보아 흉막의 감각 신경이 자극받아 숨 쉴 때 통증이 발생한 것이 틀림없었다. 물론 정형외과 전문의는 끝까지 자신의 경솔한 행동을 사과하지 않았다.

현대 의학이 본격적으로 위력을 발휘한 시간은 후하게 평가해도 기껏해야 150년 남짓이다. 그래서 응용 과학에서도 매우 젊은 축에 해당하지만 짧은 시간에 놀랍도록 세분화했다. 특히 지난 40~50년 동안 그런 변화는 더욱 가속했다. 그러다 보니 가끔씩 임상 의사가 지나치게 편협한 관점에서 질병을 이해하는 문제가 발생한다. 내과, 외과, 신경과, 신경외과 같은 다양한 임상과의 관점에서 환자의 증상을 이해해야 신속하고 정확하게 질환을 진단할 수 있다. 그러나 앞서 살펴본 정형외과 전문의처럼 모든 증상을 본인이 속한 임상과의 기준에 억지로 끼워 넣는 사례가 종종 있다. 요즘 의학 교육이 단순한 지식의 습득을 넘어 문제를 해결하는 능력을 강조하는 것도 이런 부분을 보완하려는 시도다.(내가 전공한 응급 의학이 출범한 목적도 비슷하다. 응급실에서 마주하는 다양한 상황에 적절하게 대응하려면 기존의 특정 임상과에 치우치지 않은 통합적인 사고와 판단이 필요하기 때문이다.) 다만 이런 노력에도 여전히 본인이 속한 임상과의 기준으로 모든 증상을 판단하고 규명하려는 경우가 적지 않다.

안타깝게도 이런 현상은 의학에만 국한하지 않는다. 특수한 분야에서 자신이 얻은 지식과 경험을 완전히 다른 분야에도 적용하려는 사람이 적지 않다. 특히 교육 수준이 높으며 이른바 학벌이 좋은 사람, 사회적 대우가 좋고 수입이 안정적인 전문직에 종사하는 사람일수록 그런 함정에 빠질 위험이 크다. 자신이 속한 전문적인 특정 분야에서는 뭇사람이 그의 의견을 경청하는 것이 당연하지만 거기서 얻은 자신감을 바탕으로 정치·경제·과학·의학·교육·노동 같은 온갖 분야에 참견하고 함부로 훈수 두는 행위는 어리석을 뿐만 아니라 매우 위험하다.

물론 모든 분야에 뛰어난 사람, 흔히 말하는 '르네상스 맨'도 확실히 존재한다. 예를 들어, 20세기 최고의 철학자라고 칭송받는 루트비히 비트겐슈타인은 원래 공학자였다. 오스트리아 출신인 그가 영국으로 유학을 떠난 목적도 제트 엔진의 연구였다. 그런데 유명 철학자 버트런드 러셀이 이 젊은 공학자의 철학적 식견에 경탄했으며 존 메이너드 케인스가 소속된 당대 최고의 지식인 모임인 '사도들'도 그를 가입시키려고 노력했다. 그리고 르네상스 맨이란 단어의 시초가 된 레오나르도 다 빈치는 〈모나리자〉와 〈최후의 만찬〉 등의 명화를 남긴 화가이며, 조각가와 건축가로도 뛰어났다. 더불어 해부학부터 기계 공학까지 과학의 다양한 분야에도 큰 업적을 남겼다. 리처드 파인만도 전문 분야는 이론 물리학이었으나 컬럼비아호 폭발 사건에 조사 위원으로 참여해서 사건을 축소하고 은폐하려는 시도에 맞섰다. 그는 사고의 원인을 규명했을 뿐만 아니라 대중에게 명쾌하게 설명하는 능력을 발휘했다.

그러나 비트겐슈타인과 다 빈치는 백년에 한 번, 어쩌면 수백 년에 한 번 나타나는 천재다. 한국 최고의 명문 학교를 수석으로 입학하여 졸업하거나, 무시무시한 경쟁률을 자랑하는 국가 고시를 연거푸 통과하거나, 혁신적인 스타트업을 창업하여 젊은 나이에 천문학적인 부를 쌓아도, 모두 '대단한 수재'일 뿐이다. 심지어 노벨상을 받아도 그게 다른 전문 분야까지 모두 참견하고 간섭할 수 있는 '천재 면허'는 아니다. 노벨 화학상과 노벨 평화상을 모두 받은 라이너스 폴링도 만년에는 비타민 요법 같은 유사 의학에 빠졌다. 또한 AIDS의 원인 바이러스인 HIV를 규명하여 노벨 의학상을 수상한 뤽 몽타니에도 코로나19 대유행을 맞이해서는 악질적인 백신 반대론자로 악명을 떨쳤다.

그러니 당신이 거창한 학벌과 높은 사회적 지위를 지녔든, 혁신적인 사업을 이끌어 천문학적인 부를 쌓았든, 높은 숫자의 구독자와 '좋아요'를 가진 인플루언서든, 전문 분야가 아닌 내용을 말할 때는 특별히 신중할 필요가 있다. 특히 환자나 보호자로 응급실을 방문할 때는 부디 응급 의학과 의사의 의견을 존중하기를 바란다.

내일은 오지 않는다

침대에 누운 환자는 힘겹게 숨을 몰아쉰다. 상체를 일으키면 조금이나마 답답한 가슴이 나아질까 싶지만 겨울의 나뭇가지처럼 앙상한 팔다리에는 버둥거릴 힘조차 남지 않았다. 눈은 충혈되었고 몸에는 땀부터 오줌까지 온갖 분비물이 말라붙어 퀴퀴한 냄새를 풍긴다.

"숨이 막히잖아요! 어서 뭐라도 해 주세요!"

보호자는 간절하게 말한다. 그 말에는 제대로 조치하지 않는다는 원망이 조금 섞였다. 하지만 환자의 증상은 호흡곤란이 아니다. 적어도 혈액에는 산소가 충분하다. 손가락에 센서를 연결하여 측정하는 모니터의 산소 포화도도 100%를 가리키고 동맥혈 가스 검사로 얻은 수치도 마찬가지다.

그럼에도 환자가 헐떡이며 숨을 가쁘게 몰아쉬는 이유

는 대사성 산증 때문이다. 이때 인체의 정상 산-염기 균형은 pH 7.35에서 pH 7.45 사이다. 그런데 고혈당, 신장 손상, 감염, 대량 출혈 같은 문제가 발생하면 점점 산성화된다. 그러면 인체를 정상 범위로 되돌리려는 반응이 시작된다. 그리하여 호흡수가 늘어난다. 호흡수가 늘어나면 혈액 내 이산화탄소 수치가 낮아져 조금이나마 산성화를 상쇄할 수 있기 때문이다(호흡수가 증가하면 폐에서 산소-이산화탄소 교환이 활발해져 이산화탄소 수치가 정상 범위보다 낮아진다).

그러니 산소를 투여해도 환자의 헐떡이는 호흡을 호전시킬 수 없다. 환자의 증상을 호전시키려면 대사성 산증의 원인을 치료해야 한다. 다만 앞서 말한 것처럼 대사성 산증의 원인은 하나같이 만만하지 않은 질환이다. 심각한 고혈당으로 인한 당뇨병성 케톤산증, 혈액 투석을 고려할 정도의 신부전, 대량 출혈, 패혈증, 모두 자칫 생명을 잃을 수 있는 중증 질환이다.

"호흡 곤란처럼 보이지만 산소 수치는 정상입니다. 숨을 쉬는 것에는 아무 문제가 없습니다. 폐는 멀쩡하지만 신장이 망가져서 나타나는 증상입니다. 신장을 회복시키는 치료는 이미 시작했습니다만 효과가 없으면 혈액 투석을 시작해야 합니다."

나는 덤덤하게 말했다. 다소 가혹하게 보일 정도였다. 그러나 정말 냉정한 말이 남았다.

"열흘 전까지 술을 드셨다고 말씀하지 않았습니까? 그게 신장이 망가지고 대사성 산중이 시작된 원인입니다. 오랫동안 지속적으로 과도하게 음주한 덕분에 간은 예전에 망가졌고 이제 신장까지 망가진 것입니다."

환자와 보호자를 나무라는 것은 좋지 않다. 질병만으로도 힘든 상황에 죄책감을 더할 이유는 없다. 하지만 늘 예외가 있다. 중독 환자가 그렇다. 오랫동안 중독이 지속됐으며 환자와 보호자도 그런 사실을 명확하게 알지만 내과적 합병증만 치료할 뿐이다. 이들은 중독 자체를 부정하거나 기껏해야 의지로 이겨낼 수 있고 마음먹기에 달렸다며 적절한 치료를 외면하는 경우다.

환자도 그런 사례였다. 노년의 초입에 다다른 환자는 중년의 시작부터 과도하게 술을 마셨다. 알코올성 간염의 단계를 지나 간경화가 시작되었으나 아랑곳하지 않았다. 위 식도 정맥류가 파열해서 문자 그대로 피를 토하며 죽을 위기를 가까스로 넘겼으나 마찬가지였다. 간·담도 내과 외래를 찾아 꼬박꼬박 약을 처방받았지만 정작 알코올 중독 치료는 거부했다. 정신과 진료, 알코올 중독 재활 병원 입원, 금주 모임 참석 모두 거부했다. 마음만 먹으면 내일부터라도 끊을 수 있다며 중독 자체를 부정했다. 보호자도 다르지 않았다. 환자의 의무 기록에는 '금주가 필요하여 정신과 진료를 강력히 권유했음'이란 문장이 수없이 반복되었다. 심지어 이전에 응급실을 방문했을 때 내가 작성한 것도 있었다.

인류가 술을 발명한 시기는 명확하지 않다. 다만 한 명의 특정할 수 있는 선구자가 존재하는 것이 아니라 다양한 집단에서 동시다발적으로 이루어졌을 가능성이 크다. 문자를 발명하고 역사를 기록하기 전부터 인류는 술을 마셨을 것이다. 유대교 경전에도 술 취한 노아의 이야기가 등장하고 피라미드를 짓던 일꾼에게 원시적인 맥주를 지급한 고고학적 증거도 있다.

오늘날에는 술을 단순한 기호품으로 취급하지만 근대에 이르기까지도 생필품에 가까웠다. 19세기 중반까지도 콜레라와 장티푸스 같은 전염병이 오염된 식수로 감염된다는 것을 알지 못했기에 식수원을 깨끗하게 관리하거나 물을 끓여 먹는 사례가 드물었다. 그러니 포도주와 맥주는 상대적으로 안전한 음료였다. 그리고 냉장 시설이 없던 16~18세기에 럼과 진은 선원들이 저장한 지 몇 주가 지나 녹색으로 변한 식수를 마실 수 있게 도와주는 소중한 물품이었다. 하지만 당시에도 술이 지닌 가장 큰 매력은 상대적으로 안전하고 사회가 폭넓게 용납하는 중독성 물질이라는 부분에 기반했다.

따지고 보면 인류는 고대부터 쾌락을 얻기 위해 중독성 물질을 탐닉했다. 그걸 합리화하고자 신의 계시, 조상과의 대화, 자연과의 소통 같은 명분을 빌리기도 했다. 고대 그리스의 신관과 무녀는 화산의 유독 가스를 흡입하여 환각과 쾌락을 얻었다. 구대륙과 신대륙의 샤먼도 온갖 환각제를 즐겼다. 아편, 대마초, 맥각, 광대버섯은 고대부터 줄기차게 등장한다. 코카인과 암페타민, LSD처럼 과학의 발전과 함께 유명세를 얻은 물질도 있다. 그러나 그런 물질은 대부분 단 한 번의 사용으로 심각한 중독을 만든다. 그렇게 중독된 개인은 사회적 책임을 외면하고 모두에게 파괴적인 행위를 일삼는다. 그래서 정도의 차이가 있으나 대부분의 사회에서 용납할 수 없는 일탈로 간주된다.

반면에 술을 바라보는 시선은 너그럽다. 술도 중독성 물질이 틀림없으나 아편, 메스암페타민, 코카인 같은 종류와 비교하면 위험이 적다. 아편과 메스암페타민을 단 한 번만 복용해도 뇌가 비가역적으로 변화하는 것과 달리 술은 상당한 양을 오랫동안 복용해야 비슷한 변화가 일어난다. 그래서 어느 정도까지는 개인과 사회 모두를 크게 위협하지 않는다.

그러나 앞서 말한 것처럼 술도 중독성 물질이다. 상대적으로 많은 양을 오랫동안 복용해야 중독이 일어나는 것이 다를 뿐이다. 그런 이유로 사회가 음주에 관대하기에 오히려 훨씬 많은 사람이 중독되어 자신을 망치고 가정을 파괴하며 온갖 사회 문제를 초래한다. 또 술도 다른 중독성 물질처럼 뇌에 구조적인 변화를 만든다. 그래서 의지만으로는 마약 중독을 이겨낼 수 없는 것처럼 알코올 중독도 마찬가지다. 사실 의지로 이겨낼 수 있는 탐닉이면 중독이라 부를 이유가 없다.

하지만 많은 사람이 이런 위험을 간과한다. 심지어 심각한 알코올 중독에 빠진 환자조차 마음만 먹으면 당장 내일부터 끊을 수 있다고 자신한다. 그런 환자의 가족도 비슷한 태도를 취한다. 알코올 중독을 치료하는 병원에 입원하라고 권유하거나 정신과 진료를 추천하면 우리 OO가 미쳤다는 말이냐며 불쾌하고 적대적인 반응을 보인다.

그러나 환자가 말하는 '내일'은 영원히 오지 않는다. 환자의 대부분은 몸이 견디지 못할 때까지 술을 포기하지 않는다. 그런 시기가 찾아오면 구급 대원의 도움을 얻어 응급실을 찾는다. 위 식도 정맥류 파열로 인한 대량 출혈, 알코올성 케톤산증으로 인한 급성 신부전, 간신 증후군과 같은 무시무시한 합병증에서 운 좋게 생존해도 그들의 태도는 변하지 않는다. 그렇게 '영원히 오지 않는 내일'이라는 말과 함께 안타깝게도 죽음을 향해 행군한다.

연말연시 등 이런저런 술자리가 잦아지는 시기를 맞이하

면 한 번쯤은 알코올 중독에 대한 경각심을 되새겼으면 한다. 중독은 신체적 질병이며 당신의 의지만으로는 결코 벗어날 수 없다.

누구도 죽음을 피할 수 없다

환자는 평범한 중년 남성이었다. 마른 체구는 아니었으나 그렇다고 뚱뚱하지도 않았으며 170cm 중반의 키에 단정한 차림새였다. 출퇴근길 지하철과 버스에서 수없이 마주하고 아메리카노를 사러 들른 카페에서 자주 마주치는 존재. 온라인 게임의 NPC처럼 느껴질 만큼 평범하고 익숙한 부류였다.

환자의 증상이 심상치 않았다. 의식은 명료했지만 숨을 거칠게 몰아쉬었다. 보이지 않는 손이 환자의 목을 졸라 아무리 숨을 쉬어도 나아지지 않는 듯했다. 공황 상태 혹은 불안이 심한 경우에도 비슷한 증상이 나타나지만 안타깝게도 환자의 호흡 곤란은 정말 육체적인 문제였다. 불길한 감정을 억누르며 즉시 X-ray와 흉부 CT를 시행했다. 그러자 그것만으로 명확한 진단이 가능했다. 혈액 검사도 처방했으나 굳이 결과를 확인하지 않아도 환자에게 필요한 치료를 결정할 수 있었다.

"X-ray와 CT를 확인한 결과 심각한 폐렴이 관찰됩니다. 아주 심각해서 정상적인 폐 조직이 거의 없습니다. 사실상 폐가 기능을 상실한 상태입니다. 원인은 폐렴이며 드물게 급격히 악화하는 사례에 해당합니다."

환자는 상황을 알아차렸다. 그래도 단도직입적으로 말할 필요가 있었다.

"그래서 지금 당장 인공호흡기 치료가 필요합니다. 인공호흡기 치료로 충분하지 않으면 ECMO(환자의 정맥혈을 뽑아내어 산화기를 통과시킨 후, 혈액에 산소를 공급하여 환자의 순환과 호흡 기능을 보조하는 장치)도 해야 합니다. 코로나19 대유행 시절 ECMO란 말을 언론에서 종종 들었을 것입니다. 코로나19로 인한 폐렴이 급격히 악화하여 ECMO를 했으나 회복하지 못했다는 뉴스도 접하셨을 겁니다. 환자분은 코로나19 감염이 아닙니다만 다른 병원체로 인해서 아주 심각한 폐렴이 발생했기 때문에 위중한 정도는 그런 사례와 비슷합니다. 그러니까 일단 인공호흡기 치료가 필요하고 그것으로 충분하지 않으면 ECMO를 해야 합니다. 그런 치료에도 회복할 가능성은 그리 크지 않습니다. 낙관적으로 생각해도 환자분과 비슷한 상황에 놓이면 절반 이상 사망합니다."

환자는 담담했다. 아침부터 느낀 심한 호흡 곤란에 어느 정도 상황을 예상했기 때문인지, 너무 충격이 커서 얼어붙었는지 애매했다.

"보호자가 있습니까?"

환자는 아내가 있다고 했다. 나는 아내와 통화가 필요하다고 말했다. 환자는 휴대 전화를 꺼내 아내의 단축 번호를 누른 다음, 내게 건넸다. 나는 환자의 아내에게 같은 설명을 반복했다. 다행히 환자와 환자의 아내는 인공호흡기 치료에 동의했다. 나는 그들에게 환자가 사망하거나 혹은 인공호흡기가 필요하지 않을 수준까지 회복해야 인공호흡기를 제거할 수 있음을 설명했다. 따라서 환자가 회복하지 못한다면 지금이 대화를 나눌 수 있는 마지막 시간이라 덧붙였다. 그러자 그들은 휴대 전화로 대화를 나누었고, 5분쯤 후 환자에게 안정제와 신경 근육 차단제를 투여한 뒤 기관 내 삽관과 함께 인공호흡기 치료를 시작했다.

안타깝게도 인공호흡기를 최대한 사용해도 환자의 호흡 곤란은 사라지지 않았다. 그리하여 중환자실로 옮겨 즉시 ECMO를 시행하기로 결정했다. 그때 환자의 아내가 응급실에 도착했고 나는 음울한 설명을 반복할 수밖에 없었다.

요양원에서 온 환자는 강한 자극에만 겨우 신음을 뱉을

정도로 의식 저하가 심했고 고열이 동반했다.

　매우 전형적인 사례였다. 치매와 뇌졸중 같은 질환으로 요양원과 요양 병원을 전전하다가 폐렴과 요로 감염 같은 감염병에 걸려 급성기 병원으로 전원하는 과정 중에 죽음을 맞이하는 경우는 드물지 않다. 이제는 집에서 노년을 보내고 죽음을 맞이하는 것이 오히려 이례적이다. 이런 변화가 10~20년 후에는 한층 강해질 것이다.

　환자의 경우, 기존에 진단받은 질환은 치매와 고혈압이었으나 최근 당뇨병이 발병한 듯했다. 그러나 치매가 있는 노인이라 요양원에서는 특별한 차이를 발견하지 못한 듯했다. 젊고 건강한 사람은 조금만 아파도 쉽게 알아차릴 수 있으나 늘 아픈 사람은 그렇지 않기 때문이다. 그러다가 폐렴이 발생하며 인슐린 요구량이 증가했고 심각한 고혈당으로 악화해서 당뇨병성 케톤산증이 발생했을 가능성이 크다. 당뇨병성 케톤산증으로 인해 의식 저하와 급성 신부전이 발생했고, 결국 응급실을 찾은 것이다.

　폐렴 자체는 심하지 않았으나 당뇨병성 케톤산증이 만든 급성 신부전과 의식 저하는 매우 심각했다. 대량의 수액과 저농도 인슐린을 지속적으로 투여해도 환자의 상태는 좋아지지 않았다. 급기야 혈압까지 곤두박질해서 인공호흡기 치료를 시작할 수밖에 없었다.

다만 이번에는 환자에게 아무것도 설명하지 못했다. 환자의 의식이 명료해도 다르지 않았을 것이다. 치매 때문에 합리적인 사고가 어려울 뿐만 아니라 죽음이 다가온다는 사실을 이해하지 못할 가능성이 컸다. 그래서 가족들에게만 설명하고 환자에게 마지막 말을 건넬 몇 분의 시간을 허락한 후에 인공호흡기 치료를 시작했다.

누구도 죽음을 피할 수 없다. 예수조차도 일단 죽음을 맞이한 후에 부활했다. 우리는 모두 죽는다. 나는 재림 예수이며 죽지 않는다고 주장하는 인간은 사이비 종교의 교주이거나 망상형 조현병 환자다.

어떤 죽음이 이상적일까? 명료한 의식과 합리적인 인지 능력이 있는 채로 죽음이 다가왔다는 사실을 아는 것이 좋을까? 아니면 그런 음울한 소식조차 모르는 것이 좋을까?

응급 의학과 의사로 일하며 많은 죽음을 바라봤다. 명료한 의식과 합리적인 인지 능력을 갖춘 사람에게 죽음이 눈앞에 다가왔을 가능성이 크다고 통보한 적도 적지 않다. 그들의 나이도 청년, 중년, 노년으로 다양했다. 그러나 그들 모두 죽음을 두려워했다. 응급실에서 말기 암을 진단받는 경우는 더욱 그랬다. 갑작스러운 황달에 응급실을 찾았다가 담도암으로 추정되며 이미 수술이 불가능할 가능성이 크다고 진단받은 노인, 1차 의료 기관에서 폐렴이라 진단받았으나 좀처럼 호전되지 않아 응급실을 방문했는데 폐암이며 이미 전이가 진행됐을 가능성이 크다고 통보받은 중년 남성, 가끔 정신이 멍하고 팔다리에 힘이 빠진다는 대수롭지 않은 증상으로 응급실을 찾아 시행한 MRI에서 악성 뇌종양이 발견된 중년 여성, 모두 너무 당황해서 놀란 표정조차 짓지 못했다. 그들에게 짧으면 몇 주, 길면 1~2년까지 죽음을 준비할 시간이 주어질 것이나 안타깝게도 그런 상황의 환자를 교육하고 돌보는 기능이 우리 의료 체제에는 매우 부족하다.

의식이 명료하지 않은 사람, 치매를 비롯한 다양한 질환으로 요양원과 요양 병원을 전전하며 고통받던 사람에게 죽음이 다가왔을 때도 마찬가지다. 그들은 인지 기능이 저하되어 자신에게 닥친 상황을 이해하지 못한다. 사실 그들이 요양원과 요양 병원을 집으로 삼은 순간부터 죽음이 예고되었을 가능성이 크다. 그런데 과연 그들이 죽음을 맞이할 때까지 얼마나 존엄하게 지내는가? 또한 그들의 가족을 지원하고 교육하는 제도적 기반이 마련되었는가? 안타깝게도 모두 부족하다.

사실 우리 사회는 앞서 언급한 부류를 향한 관심이 부족하다. 이 글에 등장하는 두 사례만 봐도 심한 폐렴에 걸린 남성의 사례가 요양원에서 전원한 환자의 사례보다 훨씬 큰 관

2장 당신은 함께 사는 사회를 원합니까?

심과 공감을 받을 것이다.

의료 제도도 마찬가지다. 우리의 의료 제도는 평소 건강했지만 심한 폐렴에 걸려 인공호흡기 치료가 필요한 환자에게는 아주 효율적으로 대처할 수 있다. 그러나 요양원과 요양 병원을 전전하는 노인에게는 상대적으로 관심이 적다. 암 환자도 비슷하다. 완치가 가능하거나 '적극적인 치료'를 하는 단계까지는 잘 치료받을 수 있으나 거기서 악화하여 시한부 단계에 이른 뒤부터는 제도적 장치가 매우 부족하다. 호스피스의 개념이 정립되어 그런 단계에 이른 환자와 가족을 돌보고 지원할 수 있는 병원이 극히 적다.

이제 우리는 그런 분야에도 충분한 관심과 지원을 기울여야 한다.

우리는 정말 선진국에 살고 있을까?

환자는 움직임이 없었다. 천장을 바라보며 누운 자세로 조금도 움직이지 않았다. 사타구니에서 대퇴 동맥의 박동을 확인하고 코밑에서 날숨의 존재를 관찰한 후에야 살아 있다고 판단할 수 있었다. 다행히 혈압, 맥박 수, 호흡수, 체온, 산소 포화도, 모두 아직 정상 범위에 있었으나 좀처럼 살아 있는 사람으로 느껴지지 않았다. 아직 중년이었고 덩치도 꽤 건장했으나 생명이란 단어는 낯설고, 죽음이란 단어가 어울렸다.

"건물 관리인이 신고했습니다. 혼자 살고 연락되는 가족은 없습니다."

환자를 이송한 구급 대원이 차분하게 말했다. 나는 환자의 흉골 부위를 세게 눌렀으나 여전히 반응이 없었다. 손가락으로 눈꺼풀을 들어 올리자 초점 없는 눈동자와 샛노란 흰자위가 도드라졌다.

"고시원의 다른 거주자에 따르면 간암을 진단받았고 경구 약을 복용하는 것을 보았다고 합니다."

샛노란 흰자위는 황달을 의미한다. 황달은 빌리루빈(쓸개즙 색소를 이루는 등황색 또는 붉은 갈색의 물질)이 증가하면 나타나는 증상이다. 일반적으로 담낭에 염증이 발생하거나 담도가 막히면 황달이 발생한다. 또한 간경화와 간암이 말기에 도달해서 간이 제대로 기능하지 못해도 황달이 나타난다. 앞서 언급한 담낭염과 담도 폐쇄로 인한 황달은 급성으로 발생한 경우가 많아 수술과 시술로 해결할 수 있다. 그러나 간암과 간경화 같은 간경변으로 심각한 황달이 발생하면 효과적인 치료법이 없다. 특히 간의 기능이 완전히 상실하는 간부전의 경우에는 간 이식 외에는 치료법이 없다.

안타깝게도 환자는 간부전에 해당할 가능성이 컸다. 간은 체내에 들어온 독성 물질을 해독하고 노폐물을 제거하는 곳이라 기능이 상실되면 불과 며칠도 생존하기 힘들다. 신장의 기능이 상실되는 신부전은 혈액 투석으로 시간을 벌 수 있으나 간부전은 그조차도 가능하지 않다.

혈액 검사도 그런 음울한 예상에 들어맞았다. 간 효소 수치는 거의 정상 범위였으나 빌리루빈 수치가 20에 육박했다. 일반적으로 간 효소 수치의 증가는 현재 간 세포가 부서진다는 것을 의미하고 빌리루빈 수치의 증가는 이미 간이 심각하게 손상되어 기능을 하지 못한다는 것을 뜻한다. 따라서 정상 범위에 가까운 간 효소 수치와 심각하게 증가한 빌리루빈 수치는 간이 완전히 파괴되어 더는 손상될 정상 조직이 남지 않았다는 뜻이다. CT 결과도 거기에 부합했다. 심각한 간 경화뿐만 아니라 간 세포 암일 가능성이 큰 병변이 곳곳에 보였다. 소화기 내과에 연락해서 중환자실로 입원시켰으나 환자에게 남은 시간은 며칠을 넘지 못할 것이 틀림없었다. 환자가 중환자실에 입원한 후에도 찾아오는 가족은 아무도 없었다.

사내의 나이를 가늠하기 어려웠다. 20대와 30대에는 해당하지 않을 것이 틀림없었으나 40대부터 70대까지 모두 가능했다. 머리카락이 거의 없고 치아도 서넛밖에 남지 않았으며 팔다리는 앙상했고 몸통은 왜소했기 때문이다. 옷차림도 속옷이 전부였으며 제대로 세탁하지 못해 꾀죄죄했다. 그러니까 건강 상태가 그리 좋지 않은 평범한 70대와 심각한 만성 질환을 지닌 40대, 어느 쪽이라도 이상하지 않았다.

"힘이 없어 고꾸라졌지 뭐야. 밥을 제대로 먹지 못해서 그런가 봐."

사내는 옅은 술 냄새를 풍기며 대수롭지 않은 듯이 말했다. 119 구급대로 응급실에 도착했으나 심각한 문제가 있을 가능성은 크지 않았다. 검사 결과도 마찬가지였다. 뇌출혈로 인해 개두술을 받은 흔적이 있었으며 요추에도 골절로 수술한 병변이 있었으나 모두 만성 병변에 해당했다. 응급실을 통한 입원이 필요한 문제는 없었다.

의학적 문제는 일단락했으나 그때부터 다른 문제가 시작됐다. 막무가내로 입원을 원하는 환자와 한참 실랑이를 벌일 수밖에 없었고 택시비를 달라는 다소 황당한 요구를 마주해야 했다. 자신의 요구가 수용될 가능성이 극히 희박하다는 것을 확인한 후에야 환자는 침대에서 일어나 성큼성큼 걸어 응급실을 떠났다.

우리 응급실이 위치한 분당은 수도권에서도 부유한 동네에 손꼽힌다. '천당 다음 분당'이란 우스갯소리가 있을 만큼 생활 환경이 좋다. 다양한 IT 기업이 자리한 판교도 마찬가지다. 탄천에 조성된 산책로를 따라 조깅하면 '중산층의 유토피아'를 느낄 수 있다.

응급실을 방문하는 환자와 보호자의 구성도 그렇다. 대부분은 태도에 여유가 있고 사회적 예절에 충실하다. 고학력자가 많아 깐깐한 측면도 있으나 합리적으로 설명하면 진료에

만족한다. 그러나 여기에도 그림자가 존재한다. 분당과 판교를 중심으로 한 중산층의 유토피아를 조금만 벗어나도 낡은 연립 주택과 함께 고시원과 소위 '달방'이 있는 낡은 모텔이 빽빽이 들어선 지역이 펼쳐진다. 앞서 언급한 두 환자도 그곳에서 실려 왔다. 구급 대원이 데려온 환자는 응급실의 다른 환자들과 완전히 대비되어 마치 다른 세상에서 차원의 문을 열고 온 것만 같을 때가 많다.

물론 빈민가는 거의 모든 도시에 존재한다. 그러나 분당과 판교의 빛에 가려진 그림자에는 현대사의 음울한 이야기가 얽혀 있다.

5.16 군사 정변으로 권력을 잡은 박정희 전 대통령은 경제 성장과 반공에서 정권의 정당성을 찾았다. 따라서 미국을 비롯한 서구에 서울의 발전된 모습을 보여 주려 했다. 하지만 당시 서울에는 한국 전쟁의 피난민부터 일자리를 찾아 지방에서 상경한 이주민까지 가난한 사람이 넘쳐 났고 곳곳에 빈민가가 형성되었다. 그래서 군사 정권은 경기도 광주에 대규모 토지를 확보하여 1969년부터 서울의 빈민을 강제 이주시켰다.

그런데 10만이 훌쩍 넘는 거대한 무리를 이주시키면서 정작 생활에 필요한 기반 시설을 마련하지 않았다. 상하수도와 전기, 교통 같은 기본적인 것조차 거의 갖추어지지 않았다. 당연히 사람들이 생활을 꾸려 나갈 일자리도 충분하지 않았다. 광주 대단지라 불린 새로운 정착지는 그럴듯하게 치장되었으나 실제로는 나치 독일의 게토(소수 인종, 소수 민족, 소수 종교 집단 등이 거주하는 도시 안의 한 구역을 가리키는 말) 혹은 남아프리카 공화국 백인 정권의 흑인 거주지와 크게 다르지 않았다. 그래서 1971년 열악한 환경을 견디지 못한 이주민이 민중 봉기를 일으켰으나 잠깐 관심을 얻고 잊혔다.

그렇게 잊힌 지역은 오늘까지도 분당과 판교에 대비되는 빈민가를 형성한다. 1960년대 후반에 강제 이주한 사람은 대부분 사라졌으나 한 번 빈민가가 형성되면 가난하고 소외된 사람이 계속 모여들기 마련이다.

외국인에게 보여 줄 '서울의 얼굴'을 아름답게 만들고자 빈민을 모아 서울에서 멀리 떨어진 곳으로 강제 이주시킨 독재자는 오래전에 사라졌다. 그런 식의 사업이 가능하지 않을 만큼 민주주의와 법치가 발전했다. 그뿐만 아니라 한국은 다소 상투적인 표현이지만 '전쟁의 잿더미'에서 '한강의 기적'이라 불리는 놀라운 경제 성장을 이룩했다. 대중음악, 영화, 소설 같은 분야에서도 국제적인 경쟁력을 획득해서 이제는 대부분의 외국인이 한국을 선진국 혹은 '잘사는 나라'라고 생각한다.

그러나 그런 과정에는 많은 사람의 희생이 따랐다. 심지어 그렇게 희생한 사람 가운데 상당수는 발전에 따른 성과를 제대로 분배받지 못했다. 국가가 과거에 경제 발전과 국익이라는 명분으로 저지른 숱한 문제를 우리는 여전히 외면한다. 그나마 정치적 이익이 걸린 사건은 재조명될 기회를 얻으나 그렇지 않은 사건은 시시콜콜한 이야깃거리조차 되지 못한다. 과거를 반성하지 않으니 오늘날에 일어나는 일도 마찬가지다. 응급실에서 일하는 의료진도 앞서 언급한 두 환자 같은 부류를 마주하면 보험 재정을 축내는 존재라며 부정적으로 생각할 가능성이 크다. 의료진뿐만 아니라 중산층 이상에 해당하는 대부분은 우리 사회가 가지는 가난하고 소외된 계층을 향한 무관심을 반성하지 않을 것이다.

우리는 정말 선진국에 살고 있을까?

가능한 것과 가능하지 않은 것

쓰러진 것과 쓰러진 상태로 발견된 것은 다르다. 특히 임상 의학에서는 엄청난 차이가 있다. 쓰러진 것, 그러니까 쓰러지는 것이 목격된 환자는 방치된 시간이 길지 않다. 그러나 쓰러진 상태로 발견된 환자는 다르다. 짧으면 수 시간, 길면 며칠 동안 방치됐을 가능성이 있기 때문이다.

그날의 환자는 후자에 해당했다. 환자는 내 또래고 평범한 체형이었으며 도드라지는 특징이 없었다. 다만 혼자 살 가능성이 컸다. 환자가 응급실을 찾은 경위도 그런 추측에 맞았다. 하루 전에 동료가 퇴근하며 정상 활동을 마지막으로 목격했고 그날 아침 출근해서 의식 없는 환자를 발견했기 때문이다.

환자는 아주 강한 통증에도 반응하지 않았다. 또한 응급실로 이송할 때까지 세 차례에 걸쳐 경련 발작이 발생했다. 응급실에 도착하여 구급대의 이동식 침대에서 응급실 침대로 옮기자 다시 경련 발작이 일어났다. 원인이 무엇이든 아주 심각한 질환일 가능성이 컸다. 그래서 경련 발작을 멈추고자 안정제를 투여했고 즉시 기관 내 삽관을 시행하여 인공호흡기를 연결했다.

처음 발생한 경련 발작의 가장 흔한 원인은 뇌경색, 뇌출혈, 뇌종양, 약물 중독이다. 다만 환자는 거기에 해당하지 않았다. 혈액 검사에서 심한 대사성 산증과 함께 수치가 700을 넘는 심각한 고혈당이 확인되었기 때문이다. 그러자 원인이 명확해졌다. 당뇨병성 케톤산증이었다.

당뇨병은 혈당을 조절하는 호르몬인 인슐린의 분비와 작용에 문제가 발생하여 혈당이 정상 범위를 지속적으로 초과하는 질병이다. 1940~1950년대까지는 사실상 불치병에 해당됐으며 진단되면 매우 고통스러운 과정을 거쳐 비교적 짧은 기간 안에 사망했다. 그러나 다양한 경구 혈당 강하제가 등장하고 생명 공학의 발전으로 인슐린을 싼 가격에 대량 생산하면서 이미 수십 년 전부터 꾸준히 치료하면 평균 수명이 보장되는 만성 질환이 되었다.

하지만 제대로 치료하지 않으면 여전히 무시무시한 합병증을 만든다. 환자가 걸린 당뇨병성 케톤산증은 대표적인 급성 합병증이다. 혈당 수치가 400~500을 넘는 상황이 지속되면 케톤산이 만들어진다. 그러면서 몸이 산성화하면 처음에는 빠른 호흡과 심한 쇠약감이 발생한다. 대부분은 그 단계에서 병원을 찾으나 그 시기가 지나면 의식 저하, 경련 발작, 급성 신부전으로 악화하며 치사율이 급격히 높아진다.

안타깝게도 환자는 당뇨병성 케톤산증의 가장 심각한 사례에 해당했다. 혈액의 pH가 6.9(정상은 pH 7.35~7.45)로 산증이 심각했고 혈당 수치는 700 초반이었으며 경련 발작이 반복되며 의식 저하가 심했다. 물론 치료는 복잡하지 않다. 중심 정맥을 확보해서 대량의 수액을 투여하여 탈수를 교정하고, 저농도 인슐린을 지속적으로 주입해서 고혈당을 해소하면 된다. 당뇨병성 케톤산증에 동반되는 급성 신부전도 대량의 수액을 투여하면 대부분 회복된다. 다만 치료법이 확립되었다고 결과가 좋은 것은 아니다. 급성 신부전이 심각하거나 대사성 산증이 교정되지 않으면 혈액 투석을 시행해야 한다. 또한 당뇨병성 케톤산증이 뇌 손상을 만들 수 있고 경련 발작이 반복적으로 발생하면 그 자체도 뇌 손상을 초래한다. 아울러 당뇨병성 케톤산증에 걸린 환자는 심근 경색과 뇌경색 같은 혈전성 질환에도 취약하다.

다행히 환자는 빠르게 호전했다. 몇 시간 후에는 의식을 어느 정도 회복해서 인공호흡기를 해제했다.

따지고 보면 환자는 저승 문턱까지 갔다가 거짓말처럼 돌아온 사례였다. 의사에게 기쁘고 보람찬 순간이 틀림없었으나 마음이 무거웠다. 며칠 전의 환자 때문이었다.

노인 환자가 통증에도 전혀 반응하지 않는 상태로 응급실에 도착했다. 환자는 오후 3시까지 정상 활동이 목격되었고 오후 5시에 의식이 없는 상태로 발견되었다. 아울러 심박 조율기를 삽입한 상태였다. 그런 정보를 종합하면 뇌경색 혹은 뇌출혈일 가능성이 컸다. 그래서 즉시 기관 내 삽관을 시행한 후에 CT를 시행했다. 다행히 CT에서 뇌출혈은 없었고 뇌의 주요 혈관이 막힌 병변도 없었다. CT만으로는 뇌경색을 완전히 진단할 수 없으나 통증에 반응하지 않는 의식 저하를 만들려면 뇌의 주요 혈관이 막혀야 한다. 그러니 뇌경색의 가능성도 적었다.

환자가 의식을 잃은 원인도 당뇨병성 케톤산증이었다. 혈당 수치가 400을 넘었고 pH 7.0의 심각한 대사성 산증이 있으며 급성 신부전도 의심되었기 때문이다. 아울러 백혈구 수치와 C 반응 단백질도 증가했는데 모두 감염을 의미했다. 따라서 요로 감염 같은 감염성 질환에 걸렸고 그로 인해 인슐린 요구량이 증가하며 고혈당이 발생한 듯했다. 그러나 단순히 몸살이라 생각해서 병원을 찾지 않았고 고혈당이 지속되며 당뇨병성 케톤산증으로 악화된 듯했다.

광범위 항생제를 처방하고 중심 정맥을 확보해서 대량의 수액과 저농도 인슐린을 투여하기 시작했다. 그러나 환자의 상태는 좋아지지 않았다. 산증이 교정되지 않았고 소변도 전혀 나오지 않았으며 혈압도 곤두박질쳤다. 패혈증, 당뇨병성 케톤산증, 급성 신부전이 서로 맞물리며 최악의 상황으로 치달았다. 이제 중환자실로 입원해서 치료를 이어 갈 단계였다. 그때부터는 내분비 내과가 담당하는 것이 일반적이다. 하지만 잠깐 고민한 후에 환자를 내 앞으로 입원시킬 수밖에 없었다. 내분비 내과에서 아예 입원 환자를 담당하지 않겠다고 당당하게 통보했기 때문이다.

내가 속한 병원은 수련 병원이다. 대학 병원은 아니지만 중환자를 응급실을 통해 진료하고 입원시킬 수 있으며 ECMO와 같은 시술도 가능하다. 그래서 성남뿐만 아니라 이천과 광주 등의 지역에서 발생하는 다양한 환자를 담당한다.

2024년 의료 대란을 겪으며 내가 속한 병원에도 적지 않은 변화가 있다. 우리 응급 의학과도 마찬가지다. 연간 4만 명 남짓한 환자가 찾는 응급실이며 전문의 1명, 레지던트 1명, 인턴 1명, 이렇게 셋이서 일했으나 이제 전문의 혼자 모든 환자를 진료한다. 그래서 중환자를 진료하고 나면 단순

열상, 알레르기성 두드러기, 장염, 인후염, 단순 골절 같은 환자가 쌓인다. 때로는 중환자가 연이어 내원한다. 의료 대란 이후 응급실 방문 환자가 연간 3만 명대 중반으로 다소 줄었으나 그래도 매일 100명 남짓한 규모다.

그렇지만 혼자 일해서 힘든 것이 가장 큰 문제는 아니다. 다른 임상과에서 레지던트가 없어 입원시킬 수 없다고 반응하는 것이 정말 화가 나는 문제다. 물론 대부분의 임상과는 레지던트가 없는 상황에서도 최선을 다한다. 그러나 그렇지 않은 부류도 존재한다. 몇몇 임상과는 의료 대란을 맞이하자 '우리는 외래만 본다', '응급실을 통한 입원은 불가능하다', '응급실 콜을 받지 않겠다'라고 일방적으로 통보했다.

그래서 당뇨병성 케톤산증과 원인이 명확하지 않은 패혈증은 우리 응급 의학과에서 중환자실에 입원시켜 담당한다. 처음 진단된 뇌전증도 마찬가지다. 여기에 응급실 규모를 절반으로 줄인 인근 대학 병원에서 '지역 내 응급실 명단'이란 인쇄물을 나누어 주며 자기네는 전공의가 없으니 다른 응급실로 가라며 안내한다. 그런데 전공의가 없는 것은 우리도 마찬가지다.

이런 상황이 지속되다 보니 우리 응급 의학과에서도 불만 섞인 목소리가 나오기 시작한다. 당뇨병성 케톤산증, 패혈증 쇼크, 심한 뇌전증, 모두 의식 저하가 발생하는 질환이다. 그

2장 당신은 함께 사는 사회를 원합니까?

럼에도 해당 임상과에서 응급실 환자를 받지 않겠다고 해 우리도 아예 의식 저하 환자를 수용하지 말자는 주장이다.

현실적으로 가능할까? 뇌출혈, 뇌경색, 패혈증, 저나트륨혈증, 심근 경색, 심실세동에도 의식 저하가 발생한다. 당뇨병성 케톤산증과 뇌전증뿐만 아니라 뇌출혈에서도 경련 발작이 발생할 수 있다. 그러니 의식 저하 환자를 외면할 수 없다. 더구나 의식 저하가 심한 환자의 대부분은 신속하게 치료하지 않으면 사망할 위험이 크다. 또 해당 임상과가 환자를 거부하면 응급 의학과에서 중환자실로 입원시켜 치료하면 된다. 응급실을 전담하며 중환자실에 있는 환자까지 담당해 힘들 수밖에 없으나 힘들어서 못한다고 하면 우리도 몇몇 무책임한 임상과와 다를 것이 없다.

2024년 의료 대란이 길어지며 이제 전문의도 사직하자는 주장이 나온다. 진료를 제한하자는 주장도 들린다. 그런데 '진료를 줄입니다' 혹은 '입원할 수 없습니다'라는 안내문을 게시하고 실행할 수 있는 임상과도 있겠으나 그럴 수 없는 임상과도 있다. 그러므로 이러한 문제를 두고 감정적으로 구호를 외치기 전에 병원 안에는 다양한 문제가 얽혀 있다는 사실을 기억했으면 한다.

3장

히포크라테스의
후예에게 고함

진료실 밖은 위험합니다!

지금까지 출간한 일곱 권 중 데뷔작인 《의사가 뭐라고》 (에이도스, 2018)와 나름 대표작인 《응급의학과 곽경훈입니다》(원더박스, 2020)가 원고 투고를 거쳐 탄생했다. 《의사가 뭐라고》는 꽤 인지도 있는 출판사와 계약했다가 파기되어 다시 원고 투고를 거쳐 다른 출판사에서 출간했으니 정확히 따지면 나는 원고 투고의 과정을 세 번이나 통과했다. 그래서 꽤 자랑스럽지만 정말 다시는 경험하고 싶지 않다. 기획 출판의 집필 의뢰를 대부분 수락하는 이유도 다시는 원고 투고를 거치고 싶지 않기 때문이다.(물론 집필 의뢰를 무턱대고 수락하면 자기 복제에 빠질 위험이 있다. 책들이 서로 너무 비슷해서 독자가 '굳이 이런 책을 왜 또 적은 걸까?' 혹은 '이전에 쓴 책으로 충분하지 않나?'란 의문을 품을 수 있다.)

그런 측면에서 보면, 아직 데뷔작을 내지 못한 평범한 작가 지망생이 여기저기 원고를 내밀어도 선뜻 응하는 출판사가 없는 상황은 매우 일반적이다. 아이돌을 생각해 보라. 대부분의 지망생은 연습생조차 되지 못한다. 프로 야구에서 대부분의 학생 선수는 2군 마운드조차 밟지 못한다. 심지어 노력이 부족하지 않았음에도 데뷔의 기회를 얻지 못하는 사례도 많다.

덧붙여 원고를 퇴짜 놓으며 그 이유를 알려 주는 경우도 매우 드물다. 대부분의 출판사는 '우리는 관심이 없어요', '다른 출판사에서 기회를 얻기 바랍니다'와 같은 답변을 주지 않는다. 그냥 침묵한다. 원고를 빨아들이는 블랙홀처럼 투고한 원고의 대부분은 아무 반응도 없이 사라진다. 어쩌다 친절하게 원고를 반려하는 이유를 알려 주는 경우에도 '정치색이 달라 어렵습니다', '요즘 트렌드가 아니에요', '출판 시장의 독자층에 맞지 않습니다', '글은 좋은데 우리 출판사와 방향이 다릅니다'와 같은 말은 모두 '립 서비스'에 가깝다. '글이 재미없다', '글솜씨가 충분하지 않다', '이런 원고가 책이될 수 있다고 여긴다면 망상이다'가 진짜 이유일 것이다. 정말 재미있다면, 글솜씨가 확실히 탁월하다면, 계약에 나서는 출판사가 없을 리 없다. 그런 인재를 외면할 만큼 배부른 출판사는 존재하지 않는다. 자본주의의 법칙이 지배하는 시장이 대부분 그렇듯, 출판 시장도 경쟁이 매우 치열하다. 흔히 말하는 '완전 경쟁 시장'에 가까워서 조금이라도 베스트 셀러가 될 가능성이 있으면 원고를 반려하지 않는다. 1쇄를 모두 팔 수 있다는 확신만 있어도 대부분의 출판사는 기꺼이 계약한다. 물론 출판사에 투고되는 많은 원고 중에 그런 사례는 매우 드물다. 훌륭한 글솜씨를 자부하는 사람도 많고, 주변에서 필력이 대단하다고 추어올리는 사람도 적지 않으나 아마추어를 넘어 작가로 데뷔할 정도의 실력을 지닌 글쟁이는 무척 적다.

의사 겸 작가로 활동하다 보니 가끔 나도 책이나 한번 내려고 한다는 동료 의사의 말을 들을 때가 있다. 꼭 출간이 아니라도 '유튜버를 한번 해보려고', '코인이 돈이 된다고 하던데', '요즘 스타트업이 대세잖아' 같은 말을 하는 동료 의사도 적지 않다.

그런데 그런 시장은 의사가 익숙한 의료계와는 완전히 다르다. 당장 출판 시장만 봐도 의료계와는 비교할 수 없을 만큼 대단히 냉혹하다. 국가가 공공의 이익을 위해 의료인에게 독점적 권리를 주는 대신 엄격하게 통제하는 의료계와 달리 출판 시장에는 그런 엄격한 통제가 존재하지 않는다. 누구나 자유롭게 출판사를 설립하여 책을 낼 수 있다. 특히 지난

10년 남짓한 시간 동안 1인 출판사가 부쩍 많아지며 출간하는 책의 종류가 부쩍 증가한 반면에 독서 인구와 1인당 독서량은 그리 증가하지 않았다. 그리하여 이제 수십만 부를 파는 베스트 셀러는 '전설 속의 괴물' 같은 존재가 되었다. 요즘은 1만 부만 팔아도 베스트 셀러이며 1쇄만 팔아도 성공이다. 그러니 이런 출판 시장에서 작가로 데뷔하여 살아남는 것은 매우 힘들고 어렵다. 제아무리 훌륭한 아마추어도 프로의 세계에 뛰어들면 보잘것없는 존재일 때가 많은 법이다.

물론 임상 의학은 생명을 다루는 일이며 단순한 의학 지식뿐만 아니라 고도의 집중력과 탁월한 문제 해결력을 요구한다. 거기에다 임상 의사에게는 높은 윤리의식과 강한 책임감도 필요하다. 또한 임상 의사는 오랜 교육 기간과 혹독한 수련 과정을 거쳐 성실함과 인내심을 기본으로 지녔을 가능성이 크다.

하지만 의료계가 세상에서 가장 살벌하고 첨예한 경쟁이 벌어지는 분야는 아니다. 유튜브 같은 뉴미디어, 비트코인 같은 가상 화폐, 다양한 종류의 스타트업은 모두 냉정한 경쟁이 벌어지는 공간이다. 의과 대학을 우수한 성적으로 졸업하고 힘든 전공의 과정을 무사히 수료했으며 전문의로 평판이 좋다고 해도 그런 시장에서 대부분의 의사는 무력한 초보자일 뿐이다.

그래서 세상의 다른 분야를 너무 쉽게 생각하고 임상 의학을 지나치게 대단하게 생각하는 동료 의사에게 이렇게 말하고 싶다.

"여러분, 진료실 밖은 위험합니다!"

중요한 것은 꺾이지 않는 마음

복싱에서 가장 효과적인 공격은 '보이지 않는 각도에서 날아오는 펀치', 그러니까 '사각지대에서 날아드는 주먹'이 다. 꽤 강력한 공격이라도 눈에 보이는 시간이 길거나 어느 정도 예상할 수 있으면 생각만큼 강한 충격을 남기지 못한 다. 하지만 사각지대에서 날아드는 주먹은 상대적으로 크지 않은 힘으로 상대를 비틀거리게 만든다. 오른손잡이끼리 맞 붙는 경우, 왼손 훅이 여기에 해당한다. 그래서 왼손 잽을 가 볍게 던지다가 같은 박자에서 기습적으로 뻗는 왼손 훅은 복 싱에서 아주 고전적인 콤비네이션이다.

그런 사각지대에서 날아오는 공격을 처음 경험한 때는 1986년의 어느 봄날이다. 물론 그때의 공격은 단순히 사각 지대에서 날아온 것이 아니었다. 그때의 상황에서는 상상조차 하지 못한 불의의 일격이었다. 그도 그럴 것이, 나는 초등학교 2학년 학생이었고 장소는 해당 학교의 운동장이었으며 월요일마다 전교생이 참여하는 주간 조회가 한창인 시간이었기 때문이다. 더구나 커다란 손을 배구 선수가 스파이크를 날리듯, 힘껏 휘둘러 나의 뺨을 강타한 사람은 담임 교사였다. 육상부 감독을 겸했던 담임 교사는 40대 후반의 건장한 남성이었고, 나는 9살짜리 아이였다. 그에게 맞는 순간 눈앞이 번쩍이며 정신을 차리지 못해 휘청거릴 수밖에 없었다. 의대생 시절부터 꽤 오랫동안 복싱을 했고 30대 무렵에는 취미로 종합 격투기를 수련했지만 그 어떤 공격도 그때 담임 교사의 손바닥처럼 맵지 않았다.

그래도 두렵지 않았다. 볼이 불에 탄 것처럼 화끈거렸고 입안이 터져 비릿한 피 냄새가 났으며 연기를 마신 것처럼 어지러웠지만 너무 억울했다. 교장 선생의 연설에 지루한 표정을 지은 것이 유일한 잘못이었고 그렇게 맞을 일이 아니었기 때문이다. 그래서 담임 교사에게 내가 무슨 잘못을 했는지 물었다. 나의 물음에 담임 교사의 얼굴이 붉게 달아오르더니 다시 눈앞에서 빛이 번쩍였다. 이번에는 한 번이 아니었다. 서너 번의 스파이크가 뺨을 강타했고 나는 겨우 균형을 잡아 쓰러지지 않았다.

"조회 시간 내내 떠든 녀석이 감히 말대답을 해!"

그제야 의문이 풀렸다. 담임 교사의 착각이었다. 조회 시간 내내 주변과 재잘거리며 떠든 아이는 내가 아니라 바로 앞줄에 선 친구였다. 그래서 다시 말했다.

"선생님, 떠든 아이는 제가 아닙니다. 앞줄에 있는 OO이가 떠들었는데 착각하셨습니다. 그러니 제게 사과하세요."

선생님도 인간이다. 하나님의 말씀을 전하는 신부님과 목사님도 인간이며 부처님의 깨달음을 가르치는 스님도 인간이다. 모든 인간은 실수에서 자유롭지 않다. 그러니 누구라도 실수하고 착각하며 잘못을 저지를 수 있다. 다만 잘못을 얼마나 빨리 깨닫느냐, 자신의 잘못과 실수를 흔쾌히 인정할 수 있느냐가 중요하다.

그런데 안타깝게도 당시의 담임 교사는 실수, 잘못, 착각, 그 무엇도 인정하지 않았다. 화가 난 그는 더욱 힘차게 스파이크를 날렸다. 그래도 내가 계속해서 선생님의 착각이라고 말하자 급기야 발로 배를 걷어찼다. 1980년대의 학교는 일진 대신 교사의 폭력이 일반화된 공간이었으나 그때 담임 교사가 휘두른 폭력은 너무 심했다. 다른 교사들이 황급히 뛰어와 말리지 않았다면 나는 아마도 병원에 실려 갔을 것이다. 다만 뺨이 부풀어 오르고 입술은 터졌으며 옷에 발자국이 나서 만신창이가 되면서도 마지막까지 '잘못했습니다'라고 말하지 않았다. 대신 끝까지 '선생님의 착각이에요'라고 말하며 사과를 요구했다. 왜냐하면 중요한 것은 '꺾이지 않는 마음'이니까.

초등학교 2학년 무렵의 충격적인 경험 이후에도 나의 마음은 꺾이지 않았다. 공정하지 못한 일이 있으면 항의하고 부조리한 관행에는 저항했다. 억울한 일을 당하면 훨씬 센 상대에게도 사과를 요구했다. 그 습관은 수그러들지 않았다. 오히려 시간이 갈수록, 독특한 특징으로 도드라졌다. 물론 거기에는 삐딱한 기질과 유치한 영웅 심리가 크게 작용해서 돌아보면 부끄러운 일도 적지 않다.

전공의 수련 때도 그런 성향은 조금도 옅어지지 않았다. 의사 사회는 여느 전문가 집단처럼 매우 폐쇄적일 뿐만 아니라 도제 교육의 전통이 여전히 강하다. 또 대학 병원은 그 자체가 하나의 생물처럼 움직이는 거대하고 촘촘한 조직이다. 어쩌면 전공의는 그런 집단의 말단에 해당하는 소모품 같은 존재일 수 있다. 그러다 보니 꺾이지 않는 마음을 유지하는 일은 만만치 않았다. 그래서 누구에게도 뒤지지 않을 만큼 파란만장한 전공의 시절을 보냈다. 전문의가 되어 중소 병원 응급실에서 일하던 시절과 수련 병원으로 돌아와 근무하는 요즘도 그런 태도에는 변화가 없다. 작가로서 팔리지 않는 책을 주야장천 적을 때도 마찬가지다. 꺾이지 않는 마음은 지금껏 삶을 이끈 동력이며 응급실의 긴장을 견디게 하는 해독제다.

그런데 이 마음이 과연 긍정적이기만 할까? 거기에 수반되는 위험은 없을까?

앞서 말한 것처럼 꺾이지 않는 마음은 지니는 것만으로 큰 힘을 준다. '나는 괜찮다', '나는 지지 않는다'와 같은 생각은 개인에게 자존감을 주어 완전히 다른 사람으로 발돋움하게 도와준다.

그러나 그런 자존감은 언제든 독단과 독선으로 흐를 위험을 내포한다. 자신을 향한 확신이 지나치면 시야가 편협해지고 사고가 획일적으로 변한다. 그러다 보면 정작 자신이 부조리하고 공정하지 못한 존재가 되었음에도 그런 자신에 반대하는 주변이 부조리하며 공정하지 못하다고 믿게 된다. 눈을 감고 귀를 막은 채 낭떠러지를 향해 질주하는 어리석은 인간이 되기 쉬운 것이다.

따지고 보면 1986년의 어느 봄날, 초등학교 운동장에서 나를 폭행한 담임 교사도 그러한 마음을 지녔다. 그는 주간 조회 내내 떠든 아이가 나라고 확신했다. 그런 상황에서 내가 억울함을 호소하고 그의 착각을 지적하며 사과를 요구하자 변명을 일삼고 감히 스승에게 사과를 요구하는 버릇없는 아이의 나쁜 습관을 고쳐 주고자 꺾이지 않는 마음으로 사랑의 스파이크를 날린 것이다. 그는 자신의 생각에 너무 몰두해서 자신이 틀렸을 가능성, 떠든 아이를 착각했을 가능성을 조금도 생각하지 않았을 것이 틀림없다. 어떤 측면에서 보면 그 사건은 그와 내가 지닌 각각의 꺾이지 않는 마음이 충돌한 사건이었다.

그래서 이 마음을 제대로 간직하려면 넓은 시야와 다양한 주장에 열린 사고가 필요하다. 편협한 시야와 획일화된 사고에 사로잡혀 자신과 다른 생각과 배치되는 모든 의견을 부조리하며 공정하지 않다고 취급하면 고립과 파멸을 마주할 뿐이다.

지난 2년 남짓한 시간 동안 인류를 괴롭힌 코로나19 대유행도 끝을 맺었다. 그러나 대유행의 끝이 평안의 시작은 아니다. 대유행을 구실 삼아 미루어 둔 복잡하고 골치 아픈 일을 해결할 시기가 도래했기에 오히려 새로운 혼란의 시작이다. 의료계도 마찬가지다. 의대 정원의 증원, 공공 의료와 필수 의료, 보장성 확대, 강화된 면허 관리법 등 대유행을 구실삼아 보류했던 문제가 수면에 떠오르기 시작했다. 그뿐만 아니라 지속 가능한 의료 제도를 두고 좀 더 본질적인 논의가 필요하다.

이런 시기를 맞이했음에도 주변을 둘러보면 무턱대고 꺾

이지 않는 마음을 지닌 의사가 적지 않다. 앞서 말한 것처럼 이 마음은 강력한 힘을 발휘한다. 혼란스러운 상황에서는 한층 돋보인다. 편협한 시야로 세상을 바라보고 획일화된 생각을 지닌 사람의 마음은 고립과 파멸로 가는 급행 열차란 것을 잊지 말았으면 한다.

의료계가 마주한 복잡하고 어려운 문제를 해결하려면 다양한 사회 구성원과의 소통과 협의가 필요하다. 정부와 다른 단체의 주장이 마음에 들지 않으면 합리적인 대안을 제시하여 설득해야 한다. 그런 대안 없이 소위 수가(의료 서비스를 제공하고 환자와 보험 공단에서 받는 비용의 합) 인상과 처우 개선만 외쳐서는 아무것도 해결할 수 없다.

단순히 꺾이지 않는 마음만 중요한 것은 결코 아니다.

'요즘 것들'은 존재하지 않는다

J 형은 서울말이 틀림없는 억양으로 경상도 사투리를 어색하게 흉내 내며 따지고 보면 나도 경상도 남자라고 주장하는, 적당히 유머 감각이 있으면서 은근히 삐딱하고 비판적인 사람이다. 학교는 달랐지만 의과 대학 시절 내내 꽤 친하게 지냈는데 J 형은 나름 명문 의대를 다닌 터라 졸업 후에는 해당 대학 병원에서 전공의 과정을 수련하리라 생각했다.

하지만 J 형은 예상과 달리 수도권의 다른 대학 병원에 인턴을 지원했다. 유명한 대형 병원도 아니었고 J 형의 모교보다 명성과 평판이 나은 곳도 아니어서 매우 의아했다. 처음에는 그 대학 병원에 J 형이 꼭 하고 싶은 전공이 있으리라 생각했다.(모교 병원에서는 해당 전공의 경쟁률이 너무 높아 다른 병원에서 수련을 선택하는 경우가 종종 있었다.) 그러나 J 형은 인턴을 수료하자 자신의 모교 대학 병원으로 돌아갔다. J 형이 왜 인턴만 다른 대학 병원에서 수료했는지 도무지 이해할 수 없었다. 의외로 이유는 매우 간단하고 실용적이었다. '전자 의무 기록(EMR)'이 그가 다른 대학 병원에서 인턴을 수련하고 다시 자신의 모교 대학 병원으로 돌아간 이유였다.

당시는 2000년대 초반이라 펜을 들고 직접 종이에 의무 기록을 작성하는 곳이 많았다. 컴퓨터를 이용한 전자 의무 기록을 시행하는 대학 병원은 손에 꼽을 정도였다. J 형의 모교 대학 병원도 아직 전자 의무 기록을 구축하지 않은 시기였다. 그래서 J 형은 전자 의무 기록을 구축한 다른 대학 병원에서 인턴을 수료하기로 선택했다. 적지 않은 사람이 고작 그런 이유로 인턴을 수련할 병원을 선택하느냐며 반문하겠지만 전자 의무 기록이 만드는 차이는 엄청나다.

일단 전자 의무 기록이 없던 시절에는 모든 기록이 종이로 존재했다. 그래서 응급실이든, 외래든, 입원실이든, 환자가 도착하면 서류철이 따라왔다. 물론 비교적 젊고 건강한 환자의 서류철은 매우 얇았다. 하지만 오랫동안 병원을 다녔거나 다양한 질환으로 치료받은 경우에는 서류철이 엄청나게 두터웠다. 세간의 이목이 집중된 사건의 재판 기록처럼 짧은 시간에는 도무지 읽을 수 없을 만큼 서류가 많은 사례도 있었다. 그래서 병원마다 의무 기록을 보관하는 커다란 창고가 있었고 환자가 접수하면 거기서 서류를 찾아 응급실이나 외래로 전달하는 업무를 전담하는 직원도 있었다. 그런데 해당 직원이 24시간 내내 상주하는 것은 아니었다. 특히 야간에는 인턴이 직접 커다란 창고의 거대한 서류 더미를 뒤지며 의무 기록을 찾곤 했다. 그런 문제는 단순히 종이 문서에만 국한되지 않았다. X-ray와 CT, MRI 같은 영상 자료도 마찬가지였다. 전자 의무 기록이 보편화된 요즘에는 진료용 컴퓨터만 켜면 손쉽게 과거에 시행한 영상 자료를 확인할 수 있지만 당시에는 영상 자료도 아날로그 필름으로 존재했다. 그래서 X-ray, CT, MRI 같은 영상 자료를 아날로그 필름으로 보관하는 거대한 창고가 있었다. 거기에도 영상 자료를 찾아 전달하는 직원이 있었으나 역시 24시간 내내 상주하는 것은 아니었다. 24시간 내내 상주하는 병원에서도 직원 혼자 방대한 자료를 뒤지기는 쉽지 않아서 인턴이 필름 찾는 일에 동원되는 경우가 많았다. 특히 아침과 저녁으로 이루어지는 교수의 회진 때는 병동마다 환자들의 의무 기록과 영상 자료를 깔끔하게 정리하여 눈에 잘 띄는 곳에 쌓아 두어야 했다. 조금이라도 누락되거나 흐트러지면 어김없이 불호령이 떨어졌다. 종이 문서로 된 의무 기록은 그나마 나았지만 필름 형태의 영상 자료는 창고에서부터 뒤섞이거나 조금씩 누락된 사례가 적지 않았다. 그런 경우에는 인턴에게 지옥이 펼쳐졌다. 수만 장 혹은 수십만 장의 필름으로 가득한 창고를 배회하며 잃어버린 필름을 찾아야 해서 정말 '모래밭에서 바늘 찾기'였다.

그래서 전자 의무 기록이 구축된 다른 대학 병원을 선택한 J 형을 충분히 이해할 수 있었다.(J 형이 인턴을 수련하는 동안 J 형의 모교 대학 병원도 전자 의무 기록을 도입했다. 그래서 J 형은 레지던트 과정을 자신의 모교 대학 병원에서 수련할 수 있었다.)

다행히 나는 전자 의무 기록이 구축된 곳을 찾아 인턴과 레지던트를 각각 다른 병원에서 수련할 필요가 없었다. J 형의 모교와 달리 나의 모교는 비교적 빨리 대학 병원에 전자 의무 기록을 구축했기 때문이다. 그래서 의대 실습생 시절에는 종이 문서와 아날로그 필름을 찾아 창고를 뒤지는 선배들의 모습을 자주 목격했으나 인턴이 되어서는 그런 고행을 할 이유가 없었다. 다만 모교 대학 병원에 전자 의무 기록이 구축되지 않았다면 나도 J 형처럼 전자 의무 기록을 찾아 다른 대학 병원에 인턴을 지원했을 것이다. 그만큼 전자 의무 기록의 힘은 강력했다. 엄청나게 많은 인턴이 전자 의무 기록 덕분에 고된 잡일에서 해방되었다. 그래서인지 당시 선배 의사들은 우리를 보면 이렇게 말했다.

"요즘 인턴과 레지던트는 참 쉽겠어. 거저먹기로 수련하는 것이나 다름없지. 필름을 찾지도 않고 종이 문서를 챙기지도 않잖아. 우리 때는 필름을 찾고 종이 문서를 챙기는 것만으로도 바빴어. 거기에다 환자도 봐야 했지. 더구나 그때는 선배 레지던트의 말은 법이요, 교수님의 말은 신탁이었어. 일단 명령이 떨어지면 그게 무엇이라도 할 수밖에 없었어. 그래서 우리 때는 전공의 숙소가 필요하지 않았어. 너무 바빠서 숙소에서 쉬는 것을 엄두 내지 못했으니까. 아무 곳에서나 쓰러져서 잤고 아무것이나 닥치는 대로 먹었어. 너무 바빠서 다음에 언제 음식을 먹을 수 있을지 알 수 없었으니까. 그런 상황에서도 우리는 환자를 살리고 병원을 지탱했지. 그때와 비교하면 요즘 너희가 하는 일은 의사 놀이에 불과해. 그런데도 힘들다고 수련을 포기하지 않나. 기껏 일한 결과를 봐도 실망스러워. 의사가 말이야. 책임감이 있어야지. 책임감, 의무, 성실, 헌신, 너희들은 그게 정말 부족해!"

우리보다 조금이라도 선배인 의사들은 틈만 나면 우리를 꾸짖었다. 심지어 누가 봐도 열심히 일하는 모범과 거리가 먼 사람도 요즘 인턴과 레지던트를 보면 의료계의 앞날이 어둡다는 말을 자주 했다. 그래서 도저히 참지 못하고 다음처럼 쏘아붙인 적도 있었다.

"그럼 곧 지구가 멸망하겠습니다. 정확히 말하면 지구 멸망은 아니고 인류 멸망이겠군요. 교수님의 말처럼 요즘 것들은 정말 돼먹지 못했으니 말입니다. 로마 제국의 유적에도 요즘 것들은 예의가 없으며 나약하다고 불평하는 낙서가 있다고 하니 역사가 시작된 이래 늘 나약하고 돼먹지 못한 젊은 세대가 나타난 셈이 아닙니까? 그러니 이제 곧 인류가 멸망하지 않겠습니까?"

물론 나의 말을 들은 선배 의사들은 노발대발했다. 다만 적어도 한동안은 내 앞에서 '요즘 인턴과 레지던트'란 상투적인 관용구로 시작하는 말을 내뱉지 않았다.

지난달 초반, 인턴 한 명이 사직서를 제출했다. 3월 1일부터 근무를 시작했으니 정확히 따지면 거의 24시간 만에 수련을 포기한 셈이다. 당연히 언제나처럼 '요즘 애들은 나약하다', 'MZ 세대는 권리만 챙길 뿐이며 헌신과 의무를 헌신짝처럼 여긴다'와 같은 말이 병원의 공기를 채웠다.

놀랍게도 그런 말을 내뱉는 대부분은 나와 비슷한 세대다. 1970년대 중반부터 1980년대 초반까지 태어나서 1990년대 초반의 풍요로운 환경에서 자랐으나 막 성인에 접어들 무렵 IMF를 겪었고 오랫동안 나약하고 예의가 없으며 제멋대로인 개인주의자라 비난받은, 소위 'X 세대'다. 그런데 그런 우리조차 40대에 접어들자 요즘 것들은 나약하고 예의가 없다는 말을 입에 달고 사는 존재가 되어 버린 셈이다.

20세기 한국에 출현한 어떤 세대보다 기성세대로부터 크게 비난받고 모욕당했던 X 세대조차 시간이 흐르면서 '꼰대'가 되어 버린 것을 생각하면 씁쓸함을 넘어 서글프기까지 하다.

그런데 한층 흥미롭고 소름 돋는 사실은 그런 비난에 20대 후반이나 30대 초반의 레지던트들도 가세한다는 부분이다. 그들은 인턴과 기껏해야 3~4년의 시간 차이만 있음에도 '역시 요즘 인턴은 나약합니다', '저희가 인턴으로 일할 때는 달랐지 않습니까?'라고 말한다.

이런 사실을 종합하면 '나약하고 예의가 없는 요즘 것들'은 실제로 존재하지 않는 환상일 가능성이 크다. 엄밀히 따지면 오직 '꼰대'만 존재하며 '요즘 것들'은 그런 꼰대의 머릿속에만 존재하는 망상일 가능성이 크다.

수련 병원 혹은 의료계가 아닌 다른 직장도 비슷할 것이다. 그러니 '요즘 것들은'이란 말로 시작하는 불평과 불만을 토해 내기 전에 우리 자신의 모습부터 돌아봤으면 한다. 문제는 '요즘 것들'이 아니라 '꼰대'일 가능성이 크니까.

크세노폰의 후예

헤로도토스의 《역사》, 투키디데스의 《펠로폰네소스 전쟁사》 그리고 플라톤의 《공화국》, 모두 손에 꼽히는 고전이며 영문판과 한글판 중에 괜찮은 번역본을 구할 수 있다. 그렇지만 실제로 세 권의 책을 읽은 사람은 드물 것이다. 나도 《펠로폰네소스 전쟁사》는 어찌어찌 끝까지 읽었지만 《공화국》은 1/3 정도에서 포기했다. 이유는 매우 간단하다. 재미없고 딱딱해서 도저히 끝까지 읽을 수 없었다.

사실 고전으로 꼽히는 책일수록 재미없고 어려울 때가 종종 있다. 비교적 가까운 시대의 고전도 그렇다. 톨스타인 베블렌의 《유한 계급론》은 날카롭고 냉소적인 분석에 경탄할수밖에 없고 곳곳에 멋진 문장이 도사리나 그만큼 현학적이라 읽다 보면 그냥 집어 던지고 싶을 때가 많다. 마르크스의

《자본론》은 '이게 무슨 말이지?' 같은 의문을 품을 만큼 장황하게 전개되는 부분이 적지 않다. 심지어 소설도 마찬가지여서 발자크의 작품은 책장을 넘기기 힘들 때가 드물지 않다. 《레 미제라블》은 영화와 뮤지컬로 만들어질 만큼 재미있는 작품이지만 정작 소설을 읽어 보면 새로운 장을 시작할 때마다 등장하는 빅토르 위고의 장광설에 질린다.

그런데 플라톤과 비슷한 시기를 산 인물임에도 크세노폰이 쓴 책은 재미있다. 특히 대표작인 《아나바시스》는 어떤 신화와 전설보다 흥미진진하다.

크세노폰은 기원전 430년에 태어났다. 그의 아버지는 아테네 교외에 상당한 규모의 부동산을 유지할 만큼 부유했으나 특이하게도 정치적 야심이 거의 없었다.(고대 그리스, 특히 아테네에서 부유한 남성이 정치에 관심이 없는 경우는 극히 드물었다.) 그래서 정치적 자산을 물려받지는 못했지만 아테네의 상류 계급에 어울리는 훌륭한 교육을 받았다. 거기에 잘생긴 외모, 강인한 육체, 영민한 머리까지 타고나서 당대 최고의 도시였던 아테네에서도 두각을 나타내는 젊은 세대에 속했다. 비슷한 시대를 산 플라톤처럼 소크라테스의 제자로 활동했고 훗날 스승을 회고하는 책을 쓰기도 했다.

그러나 크세노폰은 스승인 소크라테스나 동문인 플라톤

과 달리 고고한 철학보다 신나는 모험을 좋아했고 절대적인 진리보다 군사적 영광을 추구했다. 다만 당시 아테네에는 군사적 영광을 얻을 기회가 많지 않았다. 크세노폰이 성인이 되었을 무렵은 펠로폰네소스 전쟁(기원전 431년~기원전 404년)이 막바지에 접어든 시기였기 때문이다. 고대 그리스는 다양한 도시 국가로 구성되었다. 아테네와 스파르타는 그런 도시 국가들 중에서 강대국에 해당했고 페르시아 제국의 침략에 맞서 협력했다. 그러나 마라톤 전투와 살라미스 해전에서 승리하여 페르시아의 침략을 물리친 후에는 서로 반목하여 좁게는 그리스, 넓게는 지중해의 패권을 장악하기 위해 전쟁을 벌였다. 이 전쟁이 펠로폰네소스 전쟁이며 스파르타의 승리로 전쟁은 끝난다. 그래서 크세노폰은 그리스를 떠나 아시아, 그러니까 오리엔트로 향했다.

　당시 오리엔트(오늘날의 중동)는 여전히 페르시아가 다스렸다. 페르시아는 마라톤 전투와 살라미스 해전에서 패배하여 그리스 정복이라는 목표를 이루지 못했으나 강력한 제국으로 건재했다. 그리스 정복도 잠깐 유보한 것에 가까워서 그리스가 아테네와 스파르타로 분열되어 대립하자 페르시아는 호시탐탐 기회를 노리며 양쪽의 싸움을 관망했다. 하지만 내부의 분열은 그리스에만 해당하지 않았다. 페르시아도 형제 사이인 아르타크세르크세스 2세와 키루스가 반목했다.

결국 키루스가 아르타크세르크세스 2세를 폐위시키고 스스로 왕이 되고자 수도 바빌론을 향해 진군하면서 내전이 발발한다. 그 과정에서 기존의 군대가 얼마나 반란에 동조할지 확신하지 못한 키루스는 그리스인을 용병으로 고용한다. 크세노폰이 오리엔트를 향한 이유도 이 그리스 용병대에 참여하기 위해서였다.

어쨌든 키루스는 그리스 용병대의 활약에 힘입어 초반의 열세를 극복하고 승승장구한다. 그러나 바빌론 근교까지 진격해서 형을 몰아내고 왕위를 빼앗겠다는 꿈이 눈앞에 다가온 순간, 키루스가 전투에서 사망하여 반란은 허망하게 끝난다. 반란군은 무너졌고 특히 만 명 규모의 그리스 용병대는 궁지에 몰린다. 그들은 일단, 승리자인 아르타크세르크세스 2세에게 투항하는 것을 목표로 협상을 벌였으나 실패하고 페르시아 한가운데에서 몰살당할 위기를 맞이한다.

이 시점부터 크세노폰의 활약이 시작된다. 크세노폰은 그리스 용병대의 지도자를 자처하며 실력 행사(어떤 일을 이루기 위하여 무력이나 폭력을 사용하는 일)를 통해 적진을 돌파하고 고향으로 돌아갈 계획을 세운다. 페르시아 같은 강력한 제국의 중심부에서 반란군으로 몰린 만 명가량의 외국인 집단이 전투를 벌이며 고향으로 돌아가겠다는 것은 망상에 가까운 목표가 틀림없었다. 그러나 놀랍게도 크세노폰이 이끄는 용병대는 페르시아 제국을 휘저으며 흑해 연안을 거쳐 그리스로 귀환한다.

《아나바시스》는 크세노폰이 이 경험을 토대로 엮은 책이다. 실제로 있었던 일이며 그 자체로도 매우 흥미로운 사건이지만 크세노폰의 글솜씨는 한층 대단하다. 이야기꾼의 재능을 유감없이 발휘하여 어떤 전설, 신화, 전쟁 소설보다 재미있게 풀어낸다.

다만 크세노폰은 대단히 경박하며 매우 자기중심적이고 자기애가 강한 인물이다. 《아나바시스》에서도 '나는'이란 단어 대신 '크세노폰은'이란 단어를 사용하여 3인칭 시점으로 서술한다. 또 앞서 말한 것처럼 크세노폰은 소크라테스의 제자였으나 철학적 깊이가 부족했다. 플라톤이 이데아의 세계와 철인 정치를 설파한 반면 크세노폰의 정치 이론은 모략과 술수에 가까웠다. 페르시아에서 천신만고 끝에 귀환한 후의 삶도 마냥 올곧거나 정의롭지는 않다. 조국인 아테네가 아니라 스파르타에 협력했고 심지어 스파르타에 고용되어 아테네 군과 싸우기도 했다.

그러니 《아나바시스》를 쓴 목적도 순전히 자신을 찬양하고 선전하기 위해서일 것이다. 당연히 온갖 미화와 과장을 첨가했을 것이다. 요즘으로 따지면 크세노폰은 '악질 관종'이며 '정치병 환자'에 해당할 가능성이 크다.

크세노폰 같은 사람은 요즘에도 많다. 정확히 말하면 크세노폰 같은 사람을 어느 때보다 쉽게 찾을 수 있다. 크세노폰이 《아나바시스》로 유명세를 얻어 정치적 영향력을 행사하려 했던 것처럼 많은 사람이 SNS, 칼럼, TV 프로그램으로 같은 목적을 이루려고 노력한다. 또한 전문직에 해당하는 부류와 다양한 학과의 교수가 자신의 특수한 경험을 토대로 한 자전적인 에세이 혹은 사회의 부정을 고발하는 논픽션을 출간하여 같은 목적을 이루려고 노력한다. 그러니 현대 사회는 '크세노폰의 후예'가 넘쳐 나는 공간인 셈이다.

여기서 한 가지 꼭 짚어야 할 부분이 있다. 크세노폰은 구제 불능의 '관종'이며 경악할 수밖에 없는 나르시시스트였으나 동시에 매우 뛰어난 군인이었다. 《아나바시스》는 교묘한 자화자찬으로 가득해서 여기저기 과장과 미화가 도사리지만, 크세노폰이 적진 한가운데에 고립된 그리스 용병대를 지휘하여 성공적으로 귀환한 것은 틀림없는 사실이다. 당시 최강대국이던 페르시아의 심장부를 휘저으며 무사히 퇴각한 업적에는 알렉산더 대왕도 경의를 표했다. 그뿐만 아니라 크세노폰이 이끈 그리스 용병대가 페르시아 군에 맞서 보인 활약은 알렉산더 대왕에게 페르시아를 정복할 수 있다는 영감을 제공했다.

크세노폰의 후예들, 오늘날의 '악질 관종'과 '정치병 환자'

는 얼마나 본업에 충실하고 유능할까? 안타깝게도 많은 사람이 정작 자신의 본업에 충실하지 못하고 유능하지도 않다. 재판에 제대로 출석하지 않아 소송을 망치고 의뢰인을 절망으로 내몬 어느 변호사의 일화(2016년, 학교 폭력으로 숨진 고(故)박모 양의 소송에 출석하지 않아 결국 패소 판결을 받은 사건)는 빙산의 일각에 지나지 않을 것이다.

의료계를 살펴봐도 마찬가지다. 베스트 셀러를 내서 이름을 알린 의사도 많고 다양한 방송으로 유명세를 얻어 인플루언서로 활약하는 의사도 적지 않다. 그들은 하나같이 의사로서 지닌 탁월한 전문성을 자랑할 뿐만 아니라 환자를 향한 헌신과 열정을 강조한다. 그런데 정작 일터의 모습을 찾아보면 책과 방송에서 서술한 것과 다른 경우가 종종 있다. 열정도 없고 헌신하지도 않으며 임상 의사로서 지닌 실력도 그저 그런 사례가 꽤 있다. 아예 외부 활동에 정신 팔려 의사로서 해야 하는 일에는 엉망진창이며 기본적인 직업 윤리조차 지키지 않는 사람이 있을지도 모른다.

정말 '크세노폰의 후예'라면 기본적으로 본업에 충실해야 하지 않을까? 물론 이 말은 내 자신에게 던지는 경고와 저격이기도 하다.

정말 제도만 문제인가요?

CT실의 문이 열리자 침대를 밀어 넣었다. 환자의 덩치가 큰 편이라 침대의 바퀴는 묵직하게 굴렀다. 환자를 촬영대로 옮기는 것도 만만치 않았다. 불과 어제까지도 환자는 젊고 건강한 남성에 해당해서 옆으로 건너가라는 말을 건네는 것으로 충분했을 것이다. 그러나 안타깝게도 환자는 우리가 건네는 말을 제대로 이해하지 못했다. 가슴의 가운데인 흉골 부위를 주먹으로 세게 짓누르면 낮은 신음을 웅얼거릴 뿐이었다. 질문에 답하지 못했고 의미 있는 말을 내뱉지도 못했으며 팔다리를 통제하지도 못했다. 아예 주변을 인식하지 못했다. 그래서 환자의 크고 축 늘어진 몸을 끙끙대며 촬영대로 옮겼다. 그리고 CT를 촬영하는 동안 버둥거리지 않도록 고정했다.

모든 준비가 끝나자 촬영실을 벗어나 통제실로 향했다. 촬영실에는 '거대한 도넛과 그걸 통과하는 침대'란 표현이 꼭 어울리는 CT가 있고 통제실은 촬영실과 크고 두꺼운 유리창으로 맞닿았다. 통제실은 조명이 어두웠으며, CT를 구동하고 영상을 확인하는 장치와 컴퓨터가 있어 SF 영화에 등장하는 우주선 사령실을 떠올리게 했다. 나는 주임 방사선사의 뒤에서 팔짱을 끼고 모니터를 바라보았다. CT가 작동하는 소리와 함께 환자가 누운 촬영대가 '거대한 도넛'을 천천히 통과했다.

사실 환자 분류소에서 환자를 마주했을 때부터 CT에 어떤 화면이 떠오를지 예상했다. 그래서 모니터에 떠오른 영상을 확인하자 짧게 한숨을 내쉴 수밖에 없었다.

"수고했습니다. 저는 먼저 응급실에 가서 신경외과에 연락하겠습니다."

주임 방사선사에게 짧게 인사하고 CT실을 나와 응급실을 향해 달렸다. CT 결과는 예상에서 조금도 벗어나지 않았다. 그러니까 예상했던 재앙이 사실임을 확인했다.

젊은 환자가 환자 분류소에 도착했다. 단편적인 정보는 평범했다. 새벽에 잔뜩 취한 상태로 귀가했고 오후가 되어도 술에서 깨지 못했다. 정오를 훌쩍 넘긴 무렵이었지만 실제로 그때까지 술에서 깨어나지 못하는 경우가 종종 있다. 다시 술을 마신 사례도 드물지 않다. 보호자는 '술에 취했을 리가 없다' 혹은 '주량이 세서 지금까지 술을 깨지 못할 리가 없다'고 정색하며 목소리를 높이지만 검사 결과 단순 주취로 확인되는 환자가 얼마나 많았던가. 더구나 새벽에 환자를 집에 데려다준 사람은 경찰이었다. 사람이 술 취해 거리에 누워 있다는 신고에 출동한 경찰이 환자를 확인하고 집에 데려다준 것이다. 환자가 단순히 술 취한 것이 아니었다면, 조금이라도 이상했다면, 경찰은 구급대를 불렀을 것이 틀림없다. 그러니 여기까지는 늦은 오후까지 술에서 깨어나지 못한 젊은 남성에 꼭 들어맞았다.

그런데 뭔가 이상했다. 합리적으로 설명하기 힘든 찜찜함을 느껴 응급실 내부에서 환자를 기다리는 대신 직접 환자분류소에 가서 확인했다. 팽팽한 긴장이 밀려왔다. 환자는 강한 통증에도 겨우 어깨를 움찔거릴 만큼 의식 저하가 심했다. 또 왼쪽 눈이 돌출된 느낌이었다. 모두 심각한 뇌출혈에 해당하는 증상이다. 뇌는 두개골과 뇌척수막으로 튼튼하게 보호된 닫힌 공간에 위치한다. 그래서 출혈이 발생하면 내부 압력이 증가하여 뇌를 누른다. 뇌출혈에서 극심한 두통, 구토, 의식 저하, 호흡 곤란 같은 증상이 발생하는 것도 내부 압력의 증가 때문이다. 그래서 의식 저하와 왼쪽 눈의 돌출은 왼쪽 뇌의 심각한 출혈을 의미한다.

그때부터 모든 것이 빨라졌다. 환자를 신속하게 응급실에 수용하고 최대한 빨리 CT를 찍었다. 조금이라도 빨리 영상을 확인하려고 CT실까지 동행했는데 안타깝게도 환자는 심각한 외상성 경막 외 출혈에 해당했다. 신경외과를 호출하고 기관 내 삽관을 시행한 뒤, 보호자에게 우울한 내용을 설명했다.

"외상성 경막 외 출혈입니다. 출혈량도 많고 이미 뇌가 한쪽으로 많이 눌렸습니다. 응급 수술이 필요합니다만 수술의 목표는 생명 유지입니다. 의식 회복은 장담할 수 없습니다. 나이가 젊고 건강하니 어느 정도는 회복할 수 있겠으나 후유증이 크게 남을 겁니다. 경미한 인지 장애일 수도 있겠지만 어린아이 수준으로 지능이 쇠퇴할 수도 있고 최악의 경우에는 식물인간이 될 수도 있습니다. 또 어떤 형태든 오른 팔다리에는 장애가 남을 겁니다."

환자와 보호자에게는 전혀 예상하지 못한 재앙이 틀림없었다. 다만 응급실에서는 그리 드문 일이 아니다. 넓은 의미에서는 응급실의 일상이다.

그런데 이번에는 조금 이상한 부분이 있었다. 새벽에 환자를 집에 데려다준 경찰이 이상했다. 물론 불과 10~15년 전만 해도 그런 일은 드물지 않았다. 단순히 술에 취했다고 판단해서 경찰이 지구대에 방치했던 환자가 최종적으로는 뇌출혈이나 뇌경색 같은 질환으로 밝혀지기도 했다. 당뇨병성 케톤산증에 걸려 의식이 저하된 환자를 취객으로 착각하여 치료 시기를 놓치는 사건도 있었다. 그런 사건의 일부는 언론으로 알려져 작지 않은 파문을 일으켰으나 대부분은 조용히 잊혔다.

하지만 요즘은 다르다. 그런 숱한 시행착오에 힘입어 이제 대부분의 경찰은 취객이니 그렇겠지라며 환자를 방치하는 무모한 행위를 하지 않는다. 조금만 이상해도 구급대를 불러 응급실로 보낸다. 굳이 응급실에 올 필요가 없는 사례, 일반인조차 환자가 아니라 성질 고약한 취객이라 판단할 수 있는 경우까지 꼬박꼬박 응급실로 보낸다. 응급실에서 일하는 입장에서는 경찰이 얄밉게 느껴질 때도 있으나 그게 올바른 판단이다. 단순한 취객처럼 보여도 구급대를 불러 응급실에 보내는 것, 그리하여 의료진의 전문적인 판단에 맡기는 것이 합리적이다.

이런 인식의 전환이 발전이다. 위에서 언급한 환자의 사례에 요즘에는 많은 사람이 경찰이 잘못했다고 생각할 가능성이 크지만 2000년대에는 달랐다. 그때는 '술 취한 사람이 정말 아픈지 안 아픈지 경찰이 어떻게 알아! 술 취한 사람이 잘못했어'라고 생각하는 사람이 상당히 많았을 것이다.

코로나19 대유행이 닥치기 전에는 구급대가 환자를 이송하며 응급실에 연락하는 사례가 많지 않았다. 심정지 환자를 이송하는 경우와 대규모 환자가 발생한 상황에나 수용 여부를 문의했을 뿐이다. 심지어 환자의 상태가 아주 심각해도 시쳇말로 '밀고 들어가자'라고 결정하는 사례가 적지 않았다. 하지만 코로나19 대유행이 닥치면서 발열 환자의 경우, 격리실 수용 여부를 문의할 수밖에 없었고 그리하여 다른 증상의 환자도 미리 응급실에 연락하여 문의하는 것이 자리 잡았다. 바람직한 발전이지만 빛에는 어둠이 따라오기 마련이다. 미리 수용 여부를 문의하는 문화가 정착하자 수용 가능한 응급실이 없어 구급차를 타고 떠돌다가 증세가 악화되는 환자가 생겨났다.

2023년 3월, 4층에서 추락한 10대 환자를 수용하는 병원이 없어 치료 시기를 놓치고 사망하는 사건이 대구에서 발생했다. 환자가 발생한 지역이 대형 병원이 부족한 중소 도시였다면 어쩔 수 없는 불행으로 치부했을 수도 있다. 그러나 대구에는 2곳의 권역 응급 의료 센터와 4곳의 지역 응급 의료 센터가 존재한다. 심지어 환자는 몇 분 만에 지역 응급 의료 센터에 도착했으나 정신과 진료가 가능하지 않다는 이유로 진료받지 못했고 다음으로 도착한 권역 응급 의료 센터에서도 역시 제대로 치료받지 못했다.

당연히 여론이 들끓었고 사건과 관련된 병원에는 비난이 쏟아졌다. 급기야 정부가 권역 응급 의료 센터 1곳과 지역 응급 의료 센터 3곳을 징계했다.

이 문제를 두고 의료계와 그 주변에서도 의견이 분분하다. 대부분의 의사는 제도의 잘못을 왜 병원과 의사에게 돌리는지 모르겠다며 희생양을 만들지 마라고 외친다. 그러면서 필수 의료를 살리려면 수가를 올리라고 주장한다. 반대로 그 대척점에서는 의사가 부족해서 일어난 비극이니 묻지도 따지지도 말고 의대 정원을 늘리라고 주장한다. 둘은 서로 무척 싫어하지만 정치적 이익에 따라 의견이 다를 뿐, 모두 제도의 잘못이라고 생각한다.

정말 제도의 잘못일까? 수가만 올리면, 의사만 늘리면, 이런 비극이 반복되지 않을까? 수가도, 의사도 대폭 늘리면 유토피아가 도래할까?

우리는 매우 쉽게 대부분의 비극이 제도에서 기인했다고 판단한다. 그렇게 말하면 멋있을 뿐만 아니라 개인을 비난할 필요도 없어 깔끔하다. 혹시 내게 비슷한 상황이 닥쳐도 제도의 잘못을 외치며 빠져나올 수 있으니 무의식적으로는 안전 장치처럼 느낄 수도 있다. 그러나 온전히 개인의 일탈로 치부할 수 있는 문제가 많지 않은 것처럼 제도의 잘못이라 변명할 수 있는 문제도 많지 않다. 대부분의 비극과 재앙은 잘못된 제도와 개인의 일탈이 겹쳤을 때 발생한다. 제도를 그냥 두고 개인만 가르친다고 상황이 나아지지 않는 것처럼 개인을 두둔하며 제도만 바꾸어 봤자 아무것도 나아지지 않는다. 아무리 훌륭하게 만든 제도라도 결국에는 인간이 운용하기 때문이다. 대구에서 벌어진 사건을 두고 동료 의사들에게 묻고 싶다.

"정말 제도만 문제입니까? 개인의 잘못된 판단은 원인이 아닌가요?"

H 선배의 제안

N은 키가 크다. 180cm를 훌쩍 넘긴다. 어깨와 몸통은 그리 크지 않지만 긴 팔다리를 지닌 후리후리한 체형이라 정장이 어울린다. 얼굴도 그렇다. 조각상을 닮은 미남은 아니나 단정한 가르마, 반짝이는 금속 테 안경, 희끄무레한 살결은 빅토리아 시대의 신사를 떠올리게 한다.

그래서 N을 매우 유복한 환경에서 자란 도련님, '온실의 화초' 같은 존재라 착각하는 경우가 적지 않다. 그러나 겉으로 드러나는 모습과 달리 N은 거친 환경에도 쉽게 적응할 만큼 생존력이 뛰어나며 다소 냉정한 면이 있는 현실주의자다. 그래서 경제적 이익에 민감하다. 합법의 테두리를 넘는 일만 아니면 망설이지 않는다.

그런 N에게 어느 날 H 선배가 부업을 제안했다. N이 막

전문의 자격을 얻은 시기였는데 H 선배는 건강 기능 식품을 파는 회사의 강연자 자리를 제안했다. 해당 회사는 합법적인 다단계 회사였고 건강 기능 식품이 주력이었다. 다단계일지라도 합법적인 회사이기에 제품의 품질이 훌륭했고 판매원이 아니라 강연자였기 때문에 N은 관심을 보였다. 그리하여 H 선배가 강연하는 것을 한 번 참관하기로 했다. 그때까지만 해도 N이 H 선배처럼 해당 회사의 강연자가 되리라 생각했다. 해당 회사에서 제시하는 조건이 꽤 좋았기 때문이다.

그러나 H 선배의 강연을 참관하고 며칠이 지났을 무렵 N은 다소 침울하게 말했다.

"그거 진짜 못하겠더라. H 선배는 건강 기능 식품을 제대로 설명하지도 않고 판매원에게 헛된 희망을 주더라."

N에 따르면 H 선배는 판매원들에게 의사라는 '전문가'의 입장에서 그들이 판매할 제품의 장점을 설명한 것이 아니었다. 대신 해당 회사의 건강 기능 식품을 많이 팔아 큰 경제적 성공을 이룬 '판매왕'의 입장에서 '충성하라, 그러면 부자가 되리라'라고 간증했다. 가만히 있어도 한 달에 몇천만 원이 통장에 꽂힌다느니, 새롭게 구입한 요트를 타고 부산 앞바다에서 바라본 해운대 야경이 멋있다느니, 뚜껑 없는 스포츠카를 타고 머리카락을 휘날리며 달리는 기분이 최고라느니 같은 이야기만 했다고 말했다. 그러면서 아무리 합법적 다단계

라도 의사의 입장에서 그런 일은 도저히 할 수 없다며 말했다. 다만 그 일이 돈이 될 것은 확실하다며 매우 안타까운 표정으로 덧붙였다.

H 선배가 N에게 부업을 제안한 시기는 거의 10년 전이다. 물론 10년 전에도 건강 기능 식품을 찾는 사람이 적지 않았다. 그러나 지난 10년 동안 건강 기능 식품의 시장은 훨씬 커졌다. 제품의 종류가 다양해졌을 뿐만 아니라 판매하는 방식도 발전했다.

과거에는 버스를 임대해서 노년층에게 '공짜 관광'을 제공하고 은근슬쩍 제품을 판매했다. 그리고 H 선배의 제안에서 알 수 있는 것처럼 말단 판매원에게 회사에 충성하면 너도 부자가 된다와 같은 희망을 주입하는 다단계 구조를 이용했다. 하지만 요즘에는 그런 방식을 선호하지 않는다. 여전히 적지 않은 곳에서 사용하나 적어도 주력은 아니다. 그런 어두침침한 방법에서 벗어나 밝고 화려하며 전문가의 향기를 물씬 풍기는 방법을 사용한다.

우선 미디어를 적극적으로 활용한다. 종합 편성 채널과 케이블 채널을 살펴보라. 거기에 있는 무수한 의학 예능 프로그램은 사실상 건강 기능 식품의 광고나 다름없다. 왕년의 스타, 지금은 약간 유명세가 꺾인 장년의 연예인이 등장해서 자신만의 건강 비결을 말한다. 그러면 의사 혹은 한의사가 전문가다운 태도와 빼어난 말솜씨로 이런저런 논문을 언급하고 어려운 의학 용어를 양념처럼 사용해서 신뢰감을 준다. 그리고 해당 프로그램이 끝나면 거기에 등장한 건강 기능 식품을 파는 광고가 시작된다. 물론 다른 형식도 있다. 인기가 한풀 꺾인 왕년의 스타가 등장하는 것은 동일하지만 이번에는 온갖 나쁜 습관을 지닌 사람이 등장한다. 그러면 역시 의사 혹은 한의사가 등장해서 문제를 조목조목 지적한다. '신체 나이가 실제 나이보다 10살이나 많아요!', '5년 내에 혈관 질환의 가능성이 일반인보다 50%나 높아요!' 같은 무서운 미래를 선고하면 스튜디오를 채운 패널과 방청객은 우려스러운 표정으로 웅성인다. 그러면 의사 혹은 한의사가 해당 연예인을 구원할 기적의 건강 기능 식품을 소개한다.

다음으로는 유튜브다. 종합 편성 채널과 케이블 채널보다 규제와 제약이 약한 공간이라 여기는 정말 거침없다. 생경한 이름의 식물에서 추출한 물질을 섭취하면 당뇨병에 걸렸어도 약을 먹을 필요가 없는 것처럼 말한다. 당신이 피곤한 것은 미량 원소의 부족이라 단언한다. 피부 트러블, 과민성 대장, 역류성 식도염, 정체불명의 알레르기, 모두 당신이 특정한 건강 기능 식품을 먹지 않아 발생한 재앙일 뿐이라 말한다. 심지어 기존의 의학 용어를 교묘히 악용한다. '브레인 포

그'는 의학에 존재하는 용어지만 그 개념을 엄청나게 확장하여 온갖 증상에 붙이고 역시 특정한 건강 기능 식품을 먹지 않아 생긴 문제라고 확언한다. 나아가 당신이 건강 기능 식품을 먹지 않고 주류 의학의 한가한 이야기만 듣는다면 가까운 미래에 건강의 위기가 도래할 것이라고 협박한다. 의사, 한의사, 생화학자, 미생물학자 같은 전문가가 등장하여 이런 복음을 맹렬하게 전한다.

마지막으로 의료 기관이다. 비타민, 단백질, 미량 원소, 온갖 추출물을 수액에 혼합한 후에 투여한다. 심지어 그런 방법을 교육하는 학회도 존재한다. 환자의 머리카락을 뽑아 엄숙한 표정으로 '중금속 중독입니다'라고 말하며 해독 요법을 권유한다. 하지만 그렇게 중금속 중독이 흔한데도 이타이이타이병(중금속인 카드뮴 중독으로 인한 공해병)과 미나마타병(수은 중독으로 인해 발생하는 공해병)과 같은 질환이 오늘날의 한국에 창궐하지 않으니 너무 신기하다. 다양한 1차 의료 기관에서 많은 중금속 중독을 찾아내어 치료하는 동안 한국의 예방 의학자와 산업 의학자는 도대체 무엇을 한단 말인가? 심지어 그런 의료 기관 상당수는 정밀 의학이란 단어까지 사용한다. 정밀 의학은 개인의 환경, 유전, 생물학적 특성을 고려하여 개인의 상황에 따른 질병 예측, 예방, 맞춤 진료, 치료 등을 의미한다. 액체 생검(혈액이나 체액 속 DNA에 존재하는 암세포 조각을 찾아 분석하는 것), 면역 항암제와 표적 항암제를 이용한 항암 요법이 정밀 의학에 기반한 치료들이다. 그러나 적지 않은 의료 기관이 '정밀 의학'이란 단어를 내세운다. 비교적 건강한 사람에게 유전자 분석을 시도한 후에 항노화 요법이라는 구실을 만들어 다양한 종류의 영양제를 투여하고 객관적 근거가 확립되지 않은 치료를 시행한다. 심지어 그런 치료들은 하나같이 비싸다. 이런 부분을 비판하면 그들은 '주류 의학이 기득권을 유지하고자 혁신적인 치료법을 외면한다', '의과 대학을 중심으로 한 공고한 주류 의학 카르텔의 무지와 편견으로 미래를 이끌어 갈 의학을 폄하한다'는 음모론을 이용하여 반박한다. 그런데 정작 객관적 근거를 내세우는 사례는 드물다. 백신 반대론과 창조 과학 같은 다른 유사 학문과 마찬가지로 대중을 대상으로 하는 선전에는 매우 능숙하지만 권위 있는 학회지에 논문을 실어 전문가의 영역에서 논쟁하는 경우는 극히 드물다.

의약품은 질병을 직접 치료하거나 예방한다. 반면에 건강 기능 식품은 인체에 유용한 기능성 원료나 성분을 이용하여 건강을 증진하는 식품이다. 쉽게 설명하면 우리가 매일 먹는 음식 가운데 상당수도 건강 기능 식품이 될 수 있다. 당근은 눈에 좋고 양파는 동맥 경화의 위험을 줄이고 섬유질은 대장암 예방에 효과가 있으며 귤과 유자차는 감기에 도움이 된다. 그러나 어느 것도 치료 약은 아니다. 당근을 아무리 먹어도 노인성 안 질환을 치료할 수 없다. 양파를 매일 먹어도 뇌졸중과 심근 경색이 호전되지 않는다. 현미로 식사를 바꾸고 채식을 고집한다고 해서 대장암이 낫지 않는다. 귤과 유자차를 1시간마다 먹어도 폐렴을 치료할 수 없다. 건강 기능 식품도 마찬가지다. 쏘팔매트를 먹는다고 전립선 비대증에서 자유로울 수 없다. 바나바 잎 추출물을 복용한다고 당뇨병이 사라지지 않는다. 상황버섯을 먹는 것으로는 암을 치료할 수 없다.

기능 의학이나 정밀 의학이라는 단어를 내세우는 비주류 의학도 마찬가지다. 주류 의학에서 그런 치료를 환자에게 권장하지 않고 의심스러운 눈초리로 바라보는 것은 대학 병원 카르텔의 기득권을 지키려는 사악한 의도가 아니다. 그런 비주류 의학이 객관적으로 입증되지 않았기 때문이다.

사실 N과 나는 평범한 응급 의학과 의사다. 연구와 교육에 뜻이 있어 대학 병원에 남은 부류도 아니며 인류애로 똘똘 뭉쳐 공공 의료 기관에 헌신하는 이상주의자도 아니다. N은 경제적 이익에 매우 민감하고 나는 몇 권의 책을 쓴 것에서 알 수 있듯 계속해서 말하고 싶은 사람이다. 하지만 전문가라면 넘지 말아야 할 기준이 있다. 합법적인 테두리에 있어도 전문가라면 차마 할 수 없는 일이 존재한다. N이 H 선배의 제안을 거절한 것처럼.

가식과 위선은 이제 그만

　정체불명의 괴수들이 끊임없이 나타나 도시를 파괴하고 시민을 괴롭히는 가상의 세계, SF 장르의 표현에 따르면 평행 세계에 아주 평범한 사내가 있다. 작지 않으나 그렇다고 도드라지게 건장하지도 않은 체격이며 외모도 그리 특별하지 않다. 한 가닥의 머리카락도 없이 매끈한 민머리가 유일한 특징이며, 출퇴근길의 붐비는 지하철에서 쉽게 마주하는 '따분한 샐러리맨'에 꼭 어울린다. 너무 평범해서 매일 마주쳐도 반짝이는 민머리 외에는 아무것도 기억나지 않을 가능성이 크다. 사악한 악당에도 어울리지 않으나 정의로운 영웅, 괴수들로부터 도시를 지킬 구원자, 지구를 수호할 초인 따위와는 정말 손톱 하나만큼도 연관이 없을 듯하다.

　그러나 흥미롭게도 문제의 '평범한 민머리'는 '사이타마'

란 이름조차 평범하지만 그의 실력은 전혀 평범하지 않다. 지구를 지키겠노라며 나선 온갖 초인들과 슈퍼 히어로들이 전전긍긍하며 힘겹게 상대하는 괴수를 주먹 한 번으로 아주 쉽게 물리친다. 심지어 한두 번의 요행도 아니다. 아무리 강력한 괴수도 주먹 한 번이면 끝이다. 우주의 무법자, 은하계 곳곳에 식민지를 건설하고 이제 지구마저 정복하겠다며 호기롭게 온 외계인조차 너무 쉽게 물리친다. 그래서 그럴 때마다 그는 심드렁하게 중얼거린다.

"시시하다. 재미없군."

메이지 유신 후 일본, 정확히 말하면 메이지 유신이 성공한 후부터 흔히 말하는 쇼와 시대가 도래하기 전의 일본을 닮은 가상의 공간이 있다. 여기가 평행 세계인 이유는 뱀파이어를 연상하게 하는 '혈귀'의 존재 때문이다. 불멸의 삶과 강력한 힘을 누리는 대신 태양이 없는 어둠에서만 살아야 하는 혈귀는 오랫동안 인간을 착취했고 거기에 맞서 귀멸 대란 조직이 결성되었다. 주인공은 혈귀의 우두머리에게 가족을 잃은 소년이며 운명적으로 귀멸대에 합류한다. 여기까지는 매우 평범한 복수극의 설정이지만 주인공의 복수극은 어딘가 다르다. 소년은 증오에서 힘을 얻는 어둡고 날카로운 부류가 아니다. 지나치다는 표현이 어울릴 만큼 올곧으며 인정이 넘쳐 자신의 목숨을 빼앗으려는 혈귀에게조차 사정을 이해하고 동정을 베푼다. '이래서야 복수를 할 수 있나', '이렇게 순진해서야 복수하기 전에 비명횡사하지 않을까'란 의문이 떠오를 만큼 선량하고 정의롭다.

다만 주인공의 지나치게 이상적인 성격을 제외하면 다른 부분은 사뭇 현실적이다. 주인공을 비롯한 귀멸대의 전사들은 평범한 인간과는 비교할 수 없을 만큼 강한 육체와 뛰어난 검술을 지녔으나 한계가 명확하다. 조무래기 혈귀는 손쉽게 처리하지만 중간 보스 급만 나타나도 천신만고 끝에 가까스로 물리친다. 곰곰이 따져 보면 인간이 불멸의 삶을 누리는 존재를 쉽게 압도할 수 있다는 쪽이 확실히 더 비현실적이다.

위에서 언급한 두 인물은 〈원펀맨〉과 〈귀멸의 칼날〉이라는 일본 만화의 주인공이다. 각각 2009년과 2016년부터 연재를 시작한 두 만화는 매우 독특하다.

우선 〈원펀맨〉은 일본 만화가 오랫동안 지킨 공식을 완전히 엎었다. 대부분의 일본 만화는 〈드래곤볼〉처럼 처음에는 보잘것없고 약한 주인공이 온갖 고난을 겪으며 최강자로 성장하는 구조다. 그런 과정에서 주인공과 주변 인물들은 온갖 비장한 대사를 내뱉고 숭고한 행위를 밥 먹듯이 반복한다. 그러나 〈원펀맨〉의 주인공인 사이타마는 완전히 다르다. 항상 시큰둥하고 냉소적이다. 비장한 대사를 내뱉는 쪽은 그를 상대하는 괴수들과 그런 괴수들에게 전전긍긍하는 다른 슈퍼 히어로들이다. 그러나 그 비장한 대사가 무색하게 다른 슈퍼 히어로들은 너무 무능해서 아무것도 하지 못하고 괴수들은 죄다 사이타마의 주먹 한 번에 나가떨어진다.

〈귀멸의 칼날〉은 다른 측면에서 독특하다. 일단 여느 일본 만화와 달리 마지막까지도 주인공이 '절대 지존'이 아니다. 주인공이 평범한 인간과 비교해서는 아주 강력한 존재임에 틀림없으나 혈귀의 우두머리에 비하면 많이 부족하다. 거기에다 주인공이 너무 선량하고 정의롭다. 일본 만화에서 그런 주인공을 찾으려면 1960~1970년대까지 거슬러 가야 한다. 심지어 1960~1970년대 일본에서 선풍적인 인기를 끈 〈내일의 죠〉조차도 〈귀멸의 칼날〉의 주인공처럼 구김살 없이 선량한 존재는 아니다. 혈귀를 퇴치하는 만화보다 불경이나 성경의 등장인물에 어울릴 정도다.

2000년대 후반부터 이런 다소 이상한 만화가 일본에서 유행했던 이유는 아마도 일본 사회에 깊이 뿌리내린 가식과 위선을 향한 반감이 크게 작용했을 것이다. 예의와 명분, 그리고 체면 같은 요소가 크게 작용하는 사회에서는 모두 그럴듯한 모습으로 가장하기 마련이다. 상냥하게 웃는 얼굴로 진짜 감정을 감추고 고결한 명분을 내세우며 솔직한 욕망을 숨긴다. TV 뉴스에 등장하는 정치인, 일상에서 마주하는 다양한 직군의 평범한 사람들, 심지어 드라마와 만화의 등장인물까지 그런 식으로 행동하니 반감이 쌓일 수밖에 없다. 그리하여 〈원펀맨〉처럼 가식과 위선을 꼬집는 블랙 코미디가 인기를 얻고, 〈귀멸의 칼날〉처럼 선량해서 가식이 성립되지 않는 주인공이 등장하는 이야기에 열광하는 듯하다.

다행히 한국은 일본과 비교하면 솔직한 사회다. 적어도 일상의 평범한 대화에서는 그렇다. 오히려 개인의 욕망이 다소 천박하게 드러나는 사회다.

그러나 집단으로 가면 일본과 크게 다르지 않다. 대부분의 정치인이 그리 정의롭지도 않고 애국적이지도 않으며 공동체의 이익을 자신의 정치적 이익보다 우선하지도 않는다. 그럼에도 거의 모든 정치인은 틈만 나면 아주 비장한 태도로 지나치게 고결한 레토릭을 구사한다. 정작 도덕적으로 훌륭한 사람은 극히 드물고 누구도 선뜻 그런 존재가 되고자 하지 않으면서도 틈만 나면 지극히 도덕적인 명분을 부르짖는 사회, 조금 과장하면 이른바 '도덕주의의 디스토피아'에 가까울지도 모르겠다.

의료계도 마찬가지다. 사건이 터질 때마다 다들 지나치

게 고결하고 비장하다. '교도소 담장을 걷는 심정으로 오늘도 환자를 살리기 위해 집을 나선다', '생명을 구한다는 자부심으로 바이탈과를 선택했다', '지금껏 우리 의사들의 순진하고 숭고한 희생으로 필수 의료를 지탱했다', '정치인은 표를, 관료는 무사안일을, 기자는 특종을 좇지만 우리들은 생명을 구한다는 신념만 따른다', '저수가에도 우리 의사들의 숭고한 희생으로 국민에게 훌륭한 의료 서비스를 제공했다'와 같은 손발이 오그라드는 표현이 의사 단체뿐만 아니라 의사 개인의 SNS에도 자주 등장한다. 이런 고결한 태도를 지닌 의사도 분명 있겠으나 과연 그들이 주류일까? 대부분의 의사는 그런 '고고한 사도'가 아니라 '평범한 생활인'일 뿐이다. 따라서 지나치게 고결하고 숭고한 명분을 내세우는 것보다 생활인의 직업 윤리를 말하는 것이 좋지 않을까? 슈바이처와 장기려 같은 사람의 숭고한 행위는 존경받아 마땅하지만 그게 직업 윤리가 되기는 어렵다. 평범한 생활인이 별다른 희생 없이 따를 수 있어야 훌륭한 직업 윤리가 성립되기 때문이다.

아울러 의사들이 아무리 숭고하고 고결하게 치장하며 어려운 처지를 말해 봐도 현실적으로 그것에 공감할 시민은 많지 않을 것이다. 그저 사회의 많은 곳에서 수없이 마주하는 공허한 헛소리로 들릴 가능성이 크다. 〈원펀맨〉에 등장하는 다른 슈퍼 히어로들이 아무것도 하지 못하면서 온갖 멋진 대사를 남발하고, 사이타마의 주먹 한 번에 나가떨어지는 괴수들이 당장 지구를 정복할 듯이 비장하게 구는 것처럼.

관행은 이제 그만

언뜻 보면 환자에게는 심각한 문제가 없었다. 자해를 목적으로 농약을 마신 여느 환자처럼 건조한 표정으로 무심하게 주변을 볼 뿐이었다. 다행히 환자가 마신 농약은 저독성이었다. 파라쿼트, 유기 인계, 유기 염소계 같은 무시무시한 종류가 아니었다. 농촌에 위치한 분원에서 본원으로 환자를 전원한 이유도 폐쇄 병동 입원을 통한 정신과 진료가 목적인 듯했다. 그래서 굳이 환자에게 관심을 기울일 필요가 없어 보였다. 게다가 당시에 이미 인계를 끝내고 퇴근을 준비하던 찰나였다. 그때는 레지던트 3년 차 무렵이라 여느 전공의처럼 오프가 무척 소중해서 어떻게 하든 빨리 응급실을 벗어나고 싶었다. 그러나 아래 연차 레지던트에게 환자를 맡기고 퇴근하기에는 어딘지 모르게 찜찜했다.

그래서 환자에게 다가가니 아주 힘들게 숨을 몰아쉬고 있었다. 평소에는 호흡에 사용하지 않는 근육까지 이용해서 숨을 짜내는 모습을 보였다. 기계로 측정한 산소 포화도는 아직 정상 범위였으나 호흡의 양상을 고려하면 곧 심각한 상황이 닥칠 것이 틀림없었다. 또 청진기를 꺼내 환자의 호흡음을 들으니 심한 천명음(숨을 내쉴 때 나는 휘파람 소리)이 들렸다. 당혹스러웠다. 분원에서 작성한 진료 의뢰서는 호흡 곤란을 언급하지 않았고 환자가 마신 농약도 그런 증상을 만들 가능성이 적었기 때문이다. 다만 그런 상황에서 해야 할 일은 명확했다. 환자에게 곧 호흡 부전이 발생할 위험이 크니 신속하게 기관 내 삽관을 시행하고 인공호흡기를 연결해야 했다.

레지던트 3년 차 시절이라 기관 내 삽관과 인공호흡기 연결에는 어느 정도 능숙했다. 보호자에게 상황을 설명하고 인공호흡기 치료를 권유하는 과정에도 익숙했다. 그런데 기관 내 삽관을 시행하자 관에서 검고 찐득찐득한 액체가 흘러나왔다. 인간의 폐에서 결코 나오지 않을 물질이었지만 어렵지 않게 정체를 추측할 수 있었다.

환자의 기관지에서 흘러나온 '검은 액체'는 활성탄(주 성분이 탄소이며 화학 반응이 빨리 일어나는 물질)이었다. 요즘에는 음독 환자에게 활성탄을 복용시키지 않지만 2000년대 후반에는 여전히 위세척과 활성탄 복용이 음독의 기본적인 치료였다.(음독 환자가 활성탄을 복용하면 독성 물질이 위장관에서 흡수되는 것을 어느 정도 막을 수 있다.) 그런데 일종의 숯인 활성탄은 복용해도 인체에 해가 없으나 기도로 넘어가면 심각한 화학성 폐렴이 발생한다. 따라서 삼킴 장애 혹은 의식 저하가 있는 경우에는 매우 조심스레 투여해야 한다.

물론 의료진이 충분한 주의를 기울여도 사고가 발생할 수 있다. 일단 활성탄이 기관지에 흡인된 과정을 밝히는 것보다 환자의 치료가 중요했다. 환자가 마신 농약은 저독성이라 문제가 되지 않았지만 활성탄이 기관지에 흡인되어 만든 화학성 폐렴은 매우 심각했다. 인공호흡기 치료와 중환자실 입원이 필요했고 그곳에서 환자가 회복한다는 보장도 없었다. 하지만 다행히 인공호흡기를 연결하자 환자가 어느 정도 안정되었다. 그래서 보호자에게 환자의 상태를 설명하고 중환자실 입원을 위해 내과 레지던트를 호출했다. 그때 보호자가 눈물을 훔치며 물었다.

"선생님, 그 활성탄이란 약물을 보호자가 환자에게 먹이는 것이 병원의 방침입니까?"

보호자의 말에 깜짝 놀랐다. 앞서 말한 것처럼 활성탄은 기관지로 넘어가면 심각한 화학성 폐렴을 일으킨다. 그래서 의료진이 조심스레 투여해야 한다. 그런데 보호자에게 시켰다니 이해하기 어려웠다. 당혹스러운 마음을 추스르며 보호자에게 물으니 사건의 전모가 드러났다.

환자는 우울증이 심해 이전에도 염산을 음독한 적이 있었다. 그 후유증으로 식도 협착이 발생했다. 따라서 활성탄을 복용시킬 경우, 기관지로 흡인될 위험이 매우 컸다. 그러니 비위관을 넣어 투여하는 것이 안전했다. 그러나 분원의 의료진은 거기에 주의를 기울이지 않았다. 응급실 전담 전문의는 응급실 인턴에게 활성탄 투여를 지시했고 인턴은 간호사에게 미루었으며 간호사는 보호자에게 시켰다. 심지어 '환자가 계속 토해요'라고 보호자가 말하자 '입을 막고 강제로 먹이세요'라고 지시했다. 그리하여 활성탄 흡인으로 인한 화학성 폐렴이 발생한 것이다. 덧붙여 활성탄이 흡인된 것도 알아차리지 못했다. 진료 의뢰서에 저독성 농약을 음독했으나 정신과적 응급으로 인한 폐쇄 병동 입원을 위해 전원한다는 내용만 있던 것도 그런 이유였다.

다행히 환자는 열흘 남짓한 인공호흡기 치료 후에 회복했다. 보호자가 분원을 찾아 격렬히 항의했지만 문제가 더는 확대되지 않고 그렇게 마무리되었다. 당시는 2000년대 후반이라 아직 그런 종류의 의료 사고에 관심이 크지 않았고 무엇보다 환자가 별다른 장애 없이 생존했기에 그 사건은 그저 내 기억에만 씁쓸한 해프닝으로 남았을 뿐이다.

설소대는 혀 밑과 입안을 연결하는 띠 같은 구조물이다. 정상적인 구조물이지만 지나치게 짧아 혀의 운동을 과도하게 제한하면 드물게 치료가 필요하다. 다행히 치료는 매우 간단하다. 특히 신생아의 경우에는 설소대의 일부를 제거하는 것으로 충분해서 마취가 필요하지 않고 봉합하는 경우도 드물다. 그래서 소아 청소년과에서도 많이 시술한다.

그런데 2024년 1월 10일, 부산 지방 법원이 설소대 수술의 후유증으로 장애를 얻은 아동과 그의 가족에게 해당 소아 청소년과 전문의가 13억 원 남짓한 배상금을 지불하라고 판결했다.

사건은 45일 된 신생아가 해당 소아 청소년과 의원에서 설소대 수술을 받으며 발생했다. 수술은 성공적이었지만 소아 청소년과 전문의는 간호조무사에게 수술 부위의 지혈을 맡겼다. 그러자 간호조무사는 보호자(환아의 부모)에게 지혈하라고 지시했다. 그런데 45일 된 신생아의 경우, 입안을 압박하며 지혈하면 자칫 호흡 곤란이 발생할 수 있다. 안타깝게도 부모가 지혈하는 동안 환아에게 심폐 정지가 발생했고 의료진의 응급조치에 심장 박동을 회복했으나 영구적인 뇌 손상이 발생했다.

이 사건과 판결을 두고 격앙된 반응을 보이는 의사가 드물지 않다. '필수 의료는 이미 죽었다', '법원이 이렇게 판결하는 것은 소아 청소년과를 하지 말라는 뜻이다', '법관은 오심하면 이떤 벌을 받느냐'와 같은 말도 들린다.

그러나 조금만 관점을 달리 하면 판결의 의미를 어느 정도 이해할 수 있다. 생후 45일에 불과한 환아의 지혈을 간호조무사에게 맡기는 것도 문제의 소지가 다분한데, 의료 지식이 아예 없는 부모에게 맡겼으니 당연히 문제가 아닐까? 설소대가 위치하는 혀 밑은 신생아의 경우, 잘못 압박하면 호흡 곤란이 발생할 수 있다. 또 다른 원인으로 심폐 정지가 발생했더라도 과연 보호자가 빨리 알아차릴 수 있었을까? 당연히 지혈이 끝날 때까지 의료진이 환아를 담당했어야 한다.

물론 관행이라고 말하는 사람도 있을 것이며 '싸구려' 의료 수가를 들먹이며 현실적으로 생각하라고 부르짖는 목소리도 있을 것이다. 그렇지만 과거에 그런 관행이 있었고 지금껏 아무도 문제 삼지 않았다고 해서 그것을 정당화할 수는 없다. 음독 환자에게 활성탄을 투여하는 행위를 보호자에게 맡기는 것과 마찬가지로 생후 45일 환아의 지혈을 보호자에게 맡기는 것은 명백한 잘못이다.

부디 앞으로는 비슷한 사건을 접할 때, 우리 의사들이 더욱 이성적이고 합리적인 태도를 가져 한층 개선된 의료 환경을 만들었으면 한다.

2024년 의료 대란을 겪으며

구급차는 흔들렸다. 좌회전과 우회전마다 몸이 쏠렸다. 유니폼을 단정하게 입은 구급 대원과 짙은 청색 근무복을 입은 나는 그때마다 균형을 잡으려고 목각 인형처럼 상체를 움직였다. 환자가 누운 이동 식 침대도 덜컹였다. 환자에게 연결된 수액들, 모르핀이 섞인 수액과 혈압 강하제가 섞인 수액도 천장에 달린 훈제 햄처럼 대롱거렸다. 그런 상황에서 어색한 분위기를 수습하고자 입을 열었다.

"대동맥은 심장과 연결된 굵은 동맥입니다. 심장에서 바로 혈액이 뿜어지는 곳이라 세 개의 아주 튼튼한 층으로 구성되었습니다. 그래서 손상이 발생해도 세 개의 층이 모두 찢어지지 않으면 파열하지 않습니다. 다만 심장과 직접 연결된 상행 대동맥이 찢어지면 응급 수술이 필요합니다. 상행 대동맥 다음에 위치하는 하행 대동맥은 완전히 파열되는 경우가 아니면 응급 수술이 필요하지 않습니다. 약물 치료를 시행하면서 중환자실에 입원하고 그 후에 시술 혹은 수술을 진행하면 됩니다. 환자분은 다행히 하행 대동맥 박리입니다. 파열된 상태는 아니고 상행 대동맥에는 손상이 없습니다."

환자의 불안을 조금이나마 덜어 주려고 입을 열었지만 과연 위로가 될지 알 수 없었다.

"나이가 많은 분이면 저희 병원에서도 치료가 가능합니다만 젊고 출산한 지 얼마 지나지 않은 분이라 상급 종합 병원인 OO대학 병원 흉부외과에 전원을 문의했습니다. 그곳 교수님과 상의해서 수용 가능하다고 답변받아 지금 이송하는 중이니까 너무 걱정하지 마세요. 대동맥 박리는 위험한 중증 질환이 틀림없지만 치료 방법이 없는 것은 아닙니다. 또 빨리 진단되었으니 일단 거기에 희망을 걸어야 합니다."

틀린 말은 아니었으나 여전히 정말 위로가 될지 확신할 수 없었다.

환자의 증상은 대수롭지 않았다. 30분 전부터 오른쪽 어깨가 아프다고 말한 게 전부였다. 정확히 말하면 오른쪽 견갑골 부위의 통증을 호소했다. 호흡 곤란과 발열 같은 다른 증상은 없었다. 최근 출산해서 산후조리원에서 지낸다고 진술한 것을 제외하면 별달리 주의할 만한 요소가 없는 젊은 여성이었다. 혈압이 다소 높았으나 통증이 초래한 긴장으로 높아질 수 있는 범위였다. 그러니 심각하지 않은 질환이라 판단할 수도 있었다. 등, 특히 견갑골 부위가 아픈 증상은 단순한 근육통 혹은 경추염좌 같은 심각하지 않은 경추 질환이 원인일 가능성이 크기 때문이다. X-ray와 혈액 검사를 처방하고 결과를 확인할 때까지 진통제를 투여하며 지켜볼 수도 있었다.

그런데 단순한 근육통 혹은 경추 질환으로 판단하기에는 못내 찜찜했다. 환자가 안절부절못했기 때문이다. 최근 출산하여 아직 몸이 완전히 회복하지 못했고 산후조리원에 아이를 남겨 두고 응급실을 찾았으니 긴장과 불안은 당연했다. 그러나 그런 불안과 긴장으로 치부하기에는 너무 안절부절못했다. 예민한 성격 혹은 불안 장애 같은 기저 질환이 있는 경우가 아니면 그런 불안은 심각한 질환의 단서일 수 있다.

그래서 즉시 흉부와 복부에 조영제를 사용한 CT를 촬영했다. 전형적인 사례와는 다소 거리가 있었으나 대동맥 박리일 가능성이 있다고 판단했기 때문이다. 물론 환자가 CT실에 들어갈 때까지도 나의 편집증적 의심이기를, 지나치게 과도한 걱정이기를 바랐다.

하지만 안타깝게도 조영제를 사용한 화면에서 하행 대동

맥이 찢어진 모습이 확인되었다. 당장 응급 수술이 필요하지 않아 약물 치료를 시행하며 중환자실에 입원한 후에 수술 혹은 시술을 고려해야 하는 상황이었다. 우리 병원에서도 치료가 가능했지만 환자의 나이가 젊어 인근의 상급 종합 병원에 전원을 문의했고, 다행히도 수용 가능하다는 답변을 받았다.

그러자 일은 순조롭게 진행됐다. 사설 구급차를 준비하는 것에 1~2시간 가량이 걸려 119 구급대에 연락했다.(병원 간 이송은 사설 구급차가 담당하지만 중증 질환인 경우에는 해당 병원의 의료진이 동승하는 조건으로 119 구급대를 부를 수 있다.) 그렇게 도착한 OO 대학 병원 응급실은 의료 대란 이전과 크게 다르지 않았다. 심각한 상태가 아닌 환자들은 수액 줄이 연결된 상태로 의자에 앉아 빈 침대를 기다렸다. 중증 질환 혹은 심각한 상태면 지체 없이 수용되었는데 내가 진단하고 이송한 환자도 거기에 해당했다. 우리는 신속하게 환자 분류소를 통과하여 중환자 구역에 이르렀고 대기하던 흉부외과 전문의에게 환자를 인계했다.

'의료 대란', 정부의 공식적인 표현을 따라 '의사 집단 행동'이 시작된 지도 어느덧 3주를 훌쩍 넘었다. 정부는 2천 명에서 한 명도 줄일 수 없다며 면허 정지, 압수 수색, 배후 구속 같은 강력한 대처를 틈이 날 때마다 공언하고 의료 개혁을 향한 이글거리는 의지를 불태우며 항복하지 않으면 선처는 없다고 확언한다. 전공의와 의대생이 주축이 된 의료계도 '단 한 명의 증원도 받아들일 수 없다', '막무가내 식이며 정치 공학적인 의대 증원을 철회하라'고 주장하며 복귀는 없다고 다짐한다.

사실 의대 증원은 매우 복잡한 문제다. '의사가 부족한가?', '몇 명이나 더 필요한가?'란 질문에 앞서 '어떤 형태의 의료 서비스가 우리 사회에 적합한가?', '현재 의료 제도의 장점과 단점이 무엇인가?' 같은 물음부터 가져야 한다. 더구나 나는 임상 의사일 뿐이다. 임상 의사는 '의료 전문가'다. 대부분의 임상 의사는 '의료 제도 전문가'가 아니다. 대부분의 야전 지휘관이 '전투 전문가'가 틀림없어도 '전쟁과 군사 제도 전문가'라고 말하기는 어려운 것과 마찬가지다.

그래서 의대 증원을 두고 시시콜콜한 주장을 펼칠 생각은 없다. 다만 정부와 의사 사회가 강 대 강으로 부딪혀 몇몇 언론이 은근히 그들의 갈등을 부추기고, SNS에는 혐오 섞인 목소리가 터져 나오는 상황에서도 병원에서 묵묵히 자신에게 주어진 일을 하는 사람이 있음을 알리고 싶다.

의대 증원 문제 외에도 이런저런 다양한 문제를 마주할 때마다 위대한 개혁가를 자처하는 정치인, 메시아를 참칭하는 전문가, 지식인을 흉내 내며 온갖 조언을 남발하는 유명인을 많이 봤다. 하지만 그럼에도 현실을 망치지 않으려고 묵묵히 자신의 일을 하는 사람이 적지 않기에 우리 사회가 무너지지 않고 조금씩이나마 전진한다고 생각한다.

　이번 사태가 좋지 않은 쪽으로 결론이 나도 그런 사람들은 최악의 상황을 피하고자 노력할 것이다. 이번 사태가 좋은 방향으로 마무리되면 그들은 그런 흐름이 멈추지 않도록 노력할 것이다. 그러니 이번 사태에서 얻은 감정적 상처를 되새김질하며 서로를 미워하고 악마화하기에 앞서, 묵묵히 자신의 일을 하는 사람이 우리 사회의 다수임을 기억했으면 한다.

면도날이라 불린 남자

별명은 개인의 고유하고 특징적인 성격을 잘 담아낸다. 트럼프 정권에서 상식적인 결정을 위해 노력한 국방 장관 제임스 매티스의 별명은 '미친 개'다.(매티스는 좋은 의미로나 나쁜 의미로나 해병대원의 원칙에 충실해서 트럼프의 충동적이고 황당한 판단을 만류하는 역할을 했다.) 공화당원이나 정파적 이해보다 국가와 명예를 우선한 상원 의원 존 매케인의 별명은 '이단자'였다. 물론 부정적인 의미가 담긴 별명도 적지 않다. 파키스탄의 첫 여성 총리인 베나지르 부토의 남편이자 대통령을 역임한 아시프 알리 자르다리의 별명은 '미스터 텐퍼센트'였다. 아내를 든든한 뒷배로 두고 온갖 이권에 개입해서 뇌물과 불법적인 리베이트를 챙겼기 때문이다.

그런 측면에서 사내에게 따라붙는 '면도날'이란 별명도

긍정과 부정을 모두 담는다.

우선 사내는 고위 장교로 승진한 후에 지급되는 기밀비를 개인적인 용도로는 거의 사용하지 않았으며 1엔 단위로 정산해서 보고할 만큼 철저했다. 지위를 이용하여 뇌물을 받거나 이런저런 일로 이권을 챙기는 것은 그에게는 상상조차 할 수 없는 악행이었다. 매일 군인 칙유를 외웠을 뿐만 아니라 정말 그렇게 살고자 노력했다. 병사와 같은 음식을 먹고 거친 잠자리를 사용하는 것도 개의치 않았다. 그가 병사의 부모에게 건네는 '소중한 아드님을 맡겨 주셨으니 잘 돌보겠습니다'란 말은 입에 발린 소리가 아니라 진심이었다. 이런 부분을 보면 사내는 정말 면도날처럼 날카롭고 반짝였다.

그러나 동시에 사내는 매우 편협하고 경직된 존재였다. 군인은 명령에 무조건 복종한다는 지시에 기계적으로 집착하여 아랫사람의 의견을 조금도 존중하지 않았다. '네, 알겠습니다'가 아랫사람이 가질 수 있는 유일한 의견이었다. 회의는 종류를 막론하고 명령과 복종만 존재해야 했고 사내에게는 토론과 협의란 개념이 존재하지 않았다. 또 군기와 훈련을 지나치게 강조해서 다른 요소를 모두 무시했다. 그래서 사내는 강한 화력과 우수한 장비를 지니고 충분하게 보급받는 군대가 아니라 정신력이 우월한 군대가 승리한다고 굳게 믿었다. 군대와 관련한 분야를 벗어나면 한층 심각했다. 다

　　　　　　　　　　3장 히포크라테스의 후예에게 고함

른 분야를 살필 수 있는 이해심이 전혀 없었으며 이해하려는 노력조차 하지 않았다. 예를 들어, 사내는 공업 생산력의 차이를 이해하지 못했다. 그래서 지하자원과 노동력이 풍부하고 선진화된 설비를 지닌 국가를 상대로 전쟁을 벌이는 것이 무슨 의미인지 깨닫지 못했다. 압도적인 양의 무기를 훨씬 빨리 만드는 적을 강한 정신력만으로 이길 수 있다고 믿었다. 자본주의와 시장 경제를 이해하지 못해 군수품을 생산하는 민간 기업이 그런 활동으로 얻은 이익을 사적 목적을 위해 사용할 수 있다는 것을 용납하려 하지 않았다. 이런 측면에서 보면 사내는 면도날처럼 사고의 폭이 좁은 '고리타분한 꼰대'에 불과했다.

그래도 연대장 혹은 여단장에는 잘 어울렸다. 헌병 장교 혹은 경리 장교로는 탁월했을 수도 있다. 그러나 거기까지다. 참모 본부의 고위직에는 전혀 어울리지 않았다. 총참모장과 육군 대신 같은 지위에 오르면 끔찍한 재앙을 만들 것이 틀림없었다.

하지만 사내는 육군 대신에 올랐을 뿐만 아니라 총리 대신이 되어 실질적으로 국가를 통치했다.

몇몇 사람은 이미 알아차렸겠지만 사내는 바로 도조 히데키다. 그는 1938년에 육군 차관, 1940년에 육군 대신, 1941년에 총리 대신이 되었고 급기야 진주만 기습을 명령하여 태평양 전쟁을 일으켰다. 당시 미국과 일본의 공업 생산력을 고려하면 애초에 절대 이길 수 없는 전쟁이었으나 도조 히데키는 그런 문제를 전혀 이해하지 못했다. 사고의 폭이 면도날처럼 좁고 얇았으며 고집은 너무 강했기 때문이다. 그래서 전쟁의 초반부를 지나며 일본이 점차 수세에 몰려도 뾰족한 해결책을 제시하지 못했다. 기껏해야 현장을 찾아 시시콜콜하게 낭비하지 말라고 훈시하는 것이 전부였다. 심지어 군수 공장을 찾아 밤에는 보일러를 끄라고 명령했는데 정작 기술자들은 야간에 보일러를 꺼서 아끼는 연료보다 식어 버린 보일러를 다시 가동하는 연료가 훨씬 많다고 불만을 터트렸다.

그렇다면 도조 히데키는 왜 이렇게 무능했을까? 육군 사관 학교를 졸업했고 육군 대학 성적이 우수했으며 독일 유학까지 경험한 엘리트가 어떻게 그토록 편협하고 경직되었을까? 심지어 그의 아버지인 도조 히데노리는 매우 혁신적인 전술가였다.

이유는 간단하다. 당시 일본 육군의 장교 육성만 살펴봐도 문제를 짐작할 수 있다. 그 당시 일본의 장교 육성은 먼저 13~14세에 유년 사관 학교에 입학하여 육군 사관 학교를 거친다. 그 뒤, 하급 장교로 경험을 쌓은 다음 20대 중반에 육군 대학에 입학하는 과정으로 이루어졌다. 그리고 육군 대학을 상위 30위 이내로 졸업하면 그때부터는 탄탄대로를 걸었다. 그러다 보니 사회의 다른 부분을 경험하지 못해서 군대와 관련한 것 외에는 문외한이 되기 쉬웠다. 또 당시 사관 학교에서는 역사, 철학, 문학, 예술 같은 분야를 제대로 가르치지 않았다. 군인에게 필요하지 않을 뿐만 아니라 '나약하고 방탕한 잡학'으로 치부하는 분위기였다. 그래서 도조 히데키뿐만 아니라 대부분의 엘리트 장교가 소름 끼칠 만큼 경직되고 편협했다. 일본이 1920년대부터 서서히 군국주의로 기울어져 1930년대와 1940년대에는 사실상 전체주의 국가가 된 것에는 이런 요인도 한몫했다.

뜬금없이 도조 히데키를 언급한 이유는 2024년 의료 대란이 발생한 근래의 사회 모습을 살펴보면 도조 히데키와 일본 육군 장교 같은 사람이 너무 많이 등장하기 때문이다. 이렇게 말하면 검사의 방식으로 세상 모든 문제를 해결하려 하며 오직 자신만 옳다는 그릇된 확신에 빠져 어떤 협의와 협상도 거부하는 통치자를 떠올릴 것이다. 다만 그 사람만의 이야기가 아니다.(물론 통치자에게도 비슷한 문제가 있을 가능성이 크다. 의정 갈등뿐만 아니라 화물 연대, 해병대원 사망 사고, 대파 논란, 회칼 위협과 같은 사건을 처리하는 모습만 봐도 그렇다.)

과연 검사만 그럴까? 의사는 얼마나 다를까? 의사도 18~19세에 의과 대학에 입학하여 인턴과 레지던트, 전임의 과정을 거치고 그 후 봉직이나, 교수나, 개원의나, 의료계라는 극히 제한적인 영역에서 활동한다. 그러다 보니 의료와 임상 의학에는 전문가가 틀림없으나 사회의 다른 부분을 제대로 이해하지 못해 복잡하고 다양한 문제를 인식하기 어렵다. 당연히 그런 문제를 해결하지도 못하고, 사회 전체가 신뢰하는 여론을 형성하지 못할 때가 많다. 의료계의 리더를 자처하며 나서는 부류의 언행을 보라. 의협 회장 같은 경력을 두루 지닌 원로부터 언론과 인터뷰를 즐기는 인턴 수료의 젊은 의사까지 도조 히데키만큼 편협하고 경직된 방식으로 현실을 인식한다. 정부의 막무가내 식 정책에 진절머리가 났다가도 그런 모습을 보고 의사도 다르지 않다며 고개를 절레절레 흔드는 사람이 적지 않을 것이다.

의사 집단 행동이라고 부르나 의정 갈등이라고 부르나 현재의 사태도 언젠가는 일단락될 것이다. 부디 의사들이 이번 일을 겪으며 외부의 문제만 바라보는 것이 아니라 한 번쯤은 우리가 지닌 사고 방식과 태도도 돌아보며 반성하기를 바란다. 그런 반성이 없다면 의료계가 합리적인 의견을 제시해도 시민을 설득할 수 없는 상황이 다가올 위험이 크기 때문이다. 무엇보다 모든 문제의 책임을 우리가 아닌 외부에 전가해서는 퇴보하여 쇠락할 뿐이다. 우리 자신을 반성하는 것이 발전의 출발선이다.

4장

우리는 모두 평범한 인간이다

바보들의 치킨 게임

지난 월요일은 무척 바빴다. 정오에 다다르기도 전에 응급실이 환자로 가득 찼다. 병상이 부족해서 몇몇 환자는 의자에 앉아 진료를 받았다. 의자에 앉을 수 없는 환자는 구급대의 이동 식 침대에 누워 침대가 나기만을 하염없이 기다렸다. 단순히 숫자만 많은 것도 아니었다. 패혈증 쇼크에 빠진 환자에게 중심 정맥관을 삽입하고 수액과 승압제를 투여하여 가까스로 안정된 상태로 만들면 호흡 곤란을 호소하는 환자가 실려 왔다.(후자는 폐렴과 신부전에 다발성 뇌경색이 겹친 것으로 진단되었다.) 요양원에서 발열, 호흡 곤란, 전신 쇠약 같은 증상을 호소하는 환자가 연이어 이송되었고 대부분은 폐렴이나 요로 감염으로 진단되었다. 코로나19로 확인된 사례도 꽤 있었다. 이른 아침부터 늦은 오후까지 원인을 감별하여 질환을 진단하고, 해당하는 임상과에 연락하여 입원시키는 일을 반복했다.

"오늘은 정말 평범한 월요일이네. 응급실의 월요일은 늘 이렇잖아."

낮 근무를 마무리할 무렵에 함께 근무한 전공의에게 말했다. 정말 그랬다. 정신없이 바쁜 월요일은 응급실에서는 지극히 평범한 일상이다. 그러나 그날은 모든 것이 다르게 느껴졌다. 너무 평범한 일상이라 오히려 현실적이지 않았다. 마법이 풀리면 사라지는 환상의 세계처럼 보였다.

이유는 간단했다. 다음날 아침, 그러니까 화요일 오전 8시가 되면 전공의 대부분이 사직서를 제출할 예정이었기 때문이다.

다음 날 출근하자 완전히 달라진 상황을 마주했다. 연간 4만~4만 5천 명의 환자가 방문하고 전문의 1명, 레지던트 1~2명, 인턴 1명이 함께 일하던 응급실에 전문의 1명만 남았다. 사실 응급실에 주어진 일 자체는 크게 힘들지 않았다. 평소에도 내가 중환자를 전담하는 경우가 많았고 중환자가 아닌 경우에도 절반쯤은 초진부터 담당하려고 노력해서 감당하기 힘든 업무는 아니다.

다만 응급실은 응급실만 따로 움직일 수 없다. 가벼운 열상, 타박상, 탈구, 뇌진탕, 입원과 수술이 필요하지 않은 골절, 장염과 인후염 같은 사소한 감염병은 응급실에서 진료하는 것만으로 충분하지만 입원, 시술, 수술이 필요한 경우는 다르다. 질환을 감별하여 진단하고 초기 치료를 끝내는 것까지가 응급실에서 담당하는 몫이다. 나머지는 해당 임상과에서 진행해야 한다. 그래서 다른 임상과가 제대로 기능하지 않으면 응급실을 순조롭게 운영하기 힘들다.

그렇기 때문에 입원, 시술, 수술을 원활하게 진행하려면 다양한 직종의 협업이 필요하다. 또 대부분의 수련 병원은 전문의만으로는 꾸려나가기 힘들다. 예를 들어 고관절 골절의 경우, 전문의가 수술을 집도하지만 수술 후 환자 관리는 전문의의 감독 아래 전공의가 담당한다. 그런 구조가 없으면 수련 병원이 지금처럼 많은 수술을 감당하기 어렵다. 단순히 수술의 숫자뿐만 아니라 심장 질환, 뇌졸중, 신부전 같은 기저 질환이 있는 환자의 수술을 지금처럼 원활하게 진행하기 힘들 것이다.(전문의가 없는 중소 병원에서 기저 질환이 있는 환자의 수술을 좀처럼 진행하지 않는 이유이기도 하다.) 심근 경색 같은 내과 질환도 마찬가지다. 관상 동맥 조영술(심장 혈관을 관찰할 수 있는 검사)을 시행하여 막힌 혈관을 뚫는 것은 전문의의 몫이지만 중환자실에서 환자를 관리하는 것은 역시 전문의의 감독 아래 전공의가 담당한다. 물론 전문의가 시술과 환자 관리를 전담할 수 있으나 그렇게 되면 치료할 수 있는 환자의 숫자가 축소될 수밖에 없다. 아울러 진료뿐만 아니라 교육도 수련 병원의 목적이다. 전문의의 감독 아래 환자를 담당하는 일은 전공의가 훗날 전문의가 되어 독자적으로 진료하는 것에 꼭 필요한 과정이다.

어쨌든 전공의가 모두 사라진 수련 병원은 제대로 기능하기 어렵다. 한국뿐만 아니라 대부분의 외국도 비슷할 것이다. 병원의 규모가 클수록 톱니바퀴 같은 구조에서 몇몇 부분만 빠져도 제대로 작동하기 어렵다.

그래서 수요일 근무까지는 별다른 문제가 없었으나 시간이 더 흐르면 우리 응급실의 기능도 사라질 가능성이 크다. 내과, 신경외과, 정형외과처럼 우리 병원에서 핵심적인 기능을 담당하는 임상과가 환자를 입원시켜 시술하고 수술하는 일을 예전만큼 해내지 못할 것이다. 몇 주 정도는 어찌어찌 버티겠지만 곧 한계가 다가올 가능성이 크다.

질병과 죽음에서 자유로운 인간은 존재하지 않는다. 모든 인간은 언젠가는 죽을 수밖에 없고 어떤 질병에도 걸리지 않는 사람은 현실적으로 존재하지 않는다. 그래서 임상 의사는 매우 다양한 사람을 환자와 보호자로 마주한다. 유능하고 경험이 많은 임상 의사라면 진료실에서 사회 전체의 모습을 엿볼 수도 있다.

이런 특징은 검사도 마찬가지다. 언뜻 생각하면 범죄자에만 익숙할 듯하나 피해자, 참고인, 증인 같은 부류까지 합치면 사회 구성원 대부분을 마주할 가능성이 크다.

흥미롭게도 의사와 검사는 맡은 업무도 비슷하다. 의사는 환자를 진찰하고 보호자와 대화하여 얻은 정보를 바탕으로 가능성이 있는 질환의 목록을 추려 낸 다음, 다양한 검사를 시행하여 원인을 규명하고 적절한 치료를 시행한다. 검사는 목격자의 진술과 사건 정황을 토대로 용의자를 특정하고, 다양하게 수집한 증거로 사건의 실체를 규명하여 범인을 기소한다. '의료'와 '범죄'란 분야가 다르지만 문제의 실체를 규명하여 해결한다는 것은 거의 동일하다.

그러다 보니 검사와 의사가 지닌 직업적 단점도 비슷하다. 앞서 말한 것처럼 사회의 다양한 구성원을 자연스레 마주하다 보니 사회의 모든 것을 안다고 착각하기 쉽다.

더구나 그들이 마주하는 상대의 대부분은 환자와 범인이다. 몇몇 예외를 제외하면 적어도 평범한 사람은 그런 상황에서 의사나 검사를 함부로 대하기 어렵다.(의사에게 적대적인 환자와 보호자가 종종 있으나 그래도 대부분은 의사에게 도움을 청하는 태도를 보인다.) 거기에 의사와 검사는 타인의 삶을 크게 좌우하는 일을 수행한다. 그리하여 의사와 검사 모두 은근슬쩍 자신을 평범한 인간보다 훨씬 우월한 존재라고 생각하는 경향이 있다. 또 자신의 일에 관한 자부심이 지나쳐서 다른 직업을 무시하는 태도를 지니기 쉽다.

그러나 현실은 다르다. 의사와 검사는 환자, 보호자, 용의자, 피해자, 참고인, 증인을 만나 질환과 범죄를 다루었을 뿐이다. 그러니 그들은 그저 흔하다고 할 수 있는 질환과 범죄를 자세히 알 뿐이다. 사회의 모습을 이해하고 계층마다 지닌 전체적인 특징을 파악하는 것과는 다소 거리가 있다. 그래서 의료와 범죄라는 분야를 떠나면 깜짝 놀랄 만큼 무지한 경우가 적지 않으나 의사와 검사 모두 사회의 모든 분야를 잘 안다는 망상을 뿌리치지 못할 때가 많다.

여기에 전문직이며 타인의 삶을 좌우하는 일을 수행하는 것에서 오는 우월감이 더해지면 도무지 말이 통하지 않는 고집불통이 탄생한다.

이런 측면에서 보면 나쁜 의미에서 전형적인 검사와 역시 나쁜 의미에서 전형적인 의사가 각자 자신을 위한 뚜렷한 목적을 가지고 충돌하면 누구도 말리기 힘든 치킨 게임이 시작될 가능성이 크다.

나는 '미네르바의 올빼미는 황혼부터 날기 시작한다'라는 말을 무척 좋아한다. 헤겔이 자신의 책에 인용하기도 했던 이 속담은 쉽게 말하면 애매하고 복잡한 일을 함부로 단정하지 말라는 뜻이다.

의대 증원과 관련하여 파국으로 치닫는 요즘의 현실이 내게는 그런 애매하고 복잡한 일에 해당한다. 의사로서 이해당사자이며 수련 병원에서 일하는 응급 의학과 전문의여서 전공의 집단 사직에 직접적인 영향 아래에 있기 때문이다. 그래서 글쓰기를 망설였다. 그렇지만 상황이 너무 파국으로 치달아 나의 말하기 본능을 통제하기 힘들었다.

우선 나는 의대 증원을 반대하지 않는다. 얼마나 증원해야 하느냐는 훨씬 복잡한 문제지만 무조건 증원을 반대할 합리적인 이유가 없다고 생각한다. 의사들이 단 한 명도 증원할 수 없다고 주장하며 내건 이유의 대부분은 객관적으로 규명되지 않은 가정에 근거하거나 '전교 1등인 의사를 원하느냐? 학급 20등인 의사를 원하느냐?'처럼 실소를 터트릴 수밖에 없는 유치한 선민의식에 기반했다.

그렇지만 정부 그리고 이번에는 특이하게도 정부와 손발이 척척 맞는 시민 단체가 외치는 '즉시 수천 명 증원'도 정치적 의도만 명백할 뿐, 객관적 근거가 매우 빈약하고 현실적 결과 따위는 아예 고려하지 않았다고 생각한다.

사실 이런 문제의 해결에는 타협과 존중이 필요하다고 생각한다. 의대 증원보다 훨씬 사소한 사회 문제를 다룰 때도 막무가내로 밀어붙이는 정부와 배 째라며 드러누운 이익 집단이 충돌하면 끔찍한 상황이 벌어질 위험이 크다. 단 한 명도 증원할 수 없다며 사회의 나머지 구성원이 공감하기 어려운 레토릭을 반복하는 의사 집단과 올해부터 2천 명을 늘려도 아무 문제 없다며 압수 수색과 구속으로 협박하는 정부, 모두 이상하지 않은가?

의사 집단은 예전부터 사회를 지극히 의사 중심적으로 해석했다. 사실 의료 제도의 목적은 시민에게 양질의 지속 가능한 의료를 제공하는 것이다. 의사에게 독점적인 면허를 부여하고 대우하는 것도 양질의 지속 가능한 의료를 제공하는 것에 유리하기 때문이다. 단순히 공부를 잘했다고, 열심히 노력했다고 국가가 나서서 신분을 보장해 줄 이유는 전혀 없다. 이 부분에서 의사 집단은 이번에도 미숙하고 나르시시즘적인 특징을 여실히 드러냈다.

그런데 정부도 의사 집단에 버금갈 만큼 자기 중심적인 행태를 보였다. 세상의 모든 문제를 지극히 단순하게 인식하여 무조건 밀어붙이면 해결할 수 있다고 생각하는 듯하다. 그리하여 중국과 러시아가 북한과 노골적으로 밀착하는 외교 참사를 만들었고, 과학자 카르텔이라는 존재하지 않는 악당을 만들어 R&D(연구 개발) 예산을 삭감했다. 주 52시간 근무제를 폐지하겠다며 호기롭게 나서서 괴이한 상황을 만들었다. 틈만 나면 귀족 노조와 카르텔을 분쇄하겠다며 공권력을 휘둘렀다. 세상의 모든 문제에는 카르텔이 있어 그것만 해결하면 모든 문제가 사라질 것처럼 행동하는데 과연 그래서 제대로 해결한 문제가 몇이나 있을까? 미국과 일본 같은 버겁고 무서운 상대를 제외하면 대화와 타협으로 문제를 해결하려고 했던 적이 있었나?

그래서 의대 증원을 둘러싼 이번 사태는 내가 세상 모든 것의 전문가라고 생각하는 양쪽이 벌이는 '바보들의 치킨 게임'처럼 보인다.

그런데 이 치킨 게임에는 당사자의 피해뿐만 아니라 무고한 사람들의 피해까지 예상되어 한층 씁쓸하다.

오늘도 그들의 캐릭터는 붕괴한다

사내의 아버지는 왕이었다. 다만 왕으로 태어난 것은 아니었다. 심지어 사내의 아버지는 자신이 다스린 영토와 백성에 연고가 전혀 없었다. 그런데도 왕위에 오른 것은 순전히 '위대한 황제'의 동생이었기 때문이다. 황제는 자신이 정복한 땅을 가족에게 나누어 주는 취미가 있었다. 형은 스페인 국왕, 동생은 네덜란드 국왕, 막내는 베스트팔렌 국왕, 심지어 매제도 나폴리 국왕으로 삼았다. 황제는 가족을 꼭두각시로 세워 유럽을 통치하고자 했다. 그러나 황제가 만든 왕은 대부분 짧은 시간 후에 퇴위당했다.

어쨌든 사내는 왕의 아들이지만 왕자가 아니며 황제의 조카지만 변변한 작위가 없었다. 아버지가 왕으로 통치한 곳에도, 큰아버지가 황제로 통치한 곳에도 입국할 수 없는 추방당한 망명객에 불과했다.

그래도 재산은 남부럽지 않았다. 다양한 외국어에 유창했고 역사를 좋아했다. 낭만적이고 모험을 좋아해서 젊은 시절에는 이탈리안 독립운동에도 참여했다.

그러나 시간이 흐르면서 목표가 확립되었다. 사실 오랫동안 키운 꿈이기도 했다. 사내는 어린 시절부터 자신이 큰아버지의 후계자라 믿었다. 그래서 자신도 큰아버지만큼 위대한 황제가 되고자 했다. 하지만 사내가 지닌 정치적 자산은 초라했으며 이름이 그의 전부였다. 그래서 사내는 이름을 손질했다. '샤를-루이 나폴레옹 보나파르트'란 긴 이름 대신 '루이 나폴레옹'을 주로 사용했다. 큰아버지의 이름, 나폴레옹이란 고유 명사에 따라붙는 전설이 사내가 지닌 유일한 자산이었기 때문이다.

나폴레옹 1세의 정복과 통치는 재앙으로 끝났다. 프랑스는 정복한 땅을 대부분 잃었고 엄청나게 많은 사람이 죽었다. 심지어 유럽 전체가 나폴레옹 1세가 등장하기 전, 프랑스 혁명이 일어나기 전으로 돌아갔다. 프랑스에도 루이 16세의 처형과 함께 사라졌던 부르봉 왕가가 통치자로 돌아왔다. 그 덕분에 한동안 나폴레옹이란 이름은 전쟁과 혼란, 탐욕스럽고 냉혹한 독재자를 떠올리게 했다.

시간이 흐르면서 분위기가 달라졌다. 루이 18세와 사를

10세, 루이 필리프까지 부르봉의 군주는 모두 무능했고 인기가 없었다. 그러면서 나폴레옹이란 이름에 낭만적인 신화와 전설이 붙었다. 나폴레옹 1세가 만든 길고 긴 전쟁을 직접 경험하지 못했거나 너무 어릴 적이라 제대로 기억하지 못하는 사람에게 나폴레옹 1세의 군사적 영광은 무척 매력적으로 다가왔다. 처참한 고통은 죄다 잊어버리고 영광에 관한 기억만 크고 밝게 왜곡되면서 나폴레옹이란 이름에 메시아 같은 의미가 입혀졌다.

사내는 기회를 놓치지 않고 행동에 나섰다. 루이 나폴레옹이란 이름을 내세워 쿠데타를 시도했다. 그러나 1836년과 1840년에 일으킨 두 번의 쿠데타는 쿠데타란 단어가 부끄러울 정도로 참담하게 실패했다. 사실 쿠데타보다는 난동에 가까웠다. 하지만 사내는 포기하지 않았다. 나폴레옹 1세의 신화를 기반 삼아 아버지 같은 황제의 강력한 통치 아래 시민이 합리적인 자유를 누리고 하나님의 은혜 가운데 사는 국가를 유토피아로 제시하는 '보나파르트주의'를 만들었다. 당연히 아버지 같은 황제는 나폴레옹 1세의 후손이어야 하며 자신이 거기에 가장 적합하다고 주장했다.

두 번의 황당한 쿠데타 시도 이후 영국에서 망명자로 살던 터라 사내의 이런 사상은 가망 없는 백일몽으로 보였다.

그런데 1848년 유럽 전체에서 혁명의 불길이 치솟자 상황이 달라졌다. 프랑스에서도 2월 혁명이 일어나 '시민 왕' 루이 필리프가 쫓겨났다. 그러자 사내도 영국을 떠나 파리에 도착했으나 여전히 반응은 냉랭했다. 사내는 영국으로 돌아갈 수밖에 없었지만 보나파르트주의를 따르는 정당이 결성되어 그해 9월, 드디어 파리에 입성했다. 그러나 사내의 정치적 영향력은 여전히 크지 않았다. 대통령 선거가 다가왔으나 사내가 뽑힐 가능성은 없었다. 그런데 쫓겨난 루이 필리프의 지지자와 가톨릭 세력이 중심이 된 '질서당'이 사내를 대통령 후보로 선택했다. 부르봉과 보나파르트는 앙숙이었으나 질서당에는 대중적 인기를 끌 만한 인물이 없었다. 따라서 무모한 광대처럼 보이며 나폴레옹이란 이름에 확실한 선전 요소가 있는 사내를 대통령으로 선출하여 꼭두각시처럼 부리는 것이 질서당의 속셈이었다.

그렇게 사내는 '나폴레옹'이란 이름이 지닌 마력을 성공적으로 이용하여 대통령에 당선되었다. 다만 거기까지였다. 사내는 질서당의 꼭두각시가 될 생각이 조금도 없었다. 사내는 온갖 탈법과 편법을 동원하여 대통령의 권력을 늘렸다. 중산층과 농민에게 질서와 번영을 약속했고 로마에서 혁명이 발발하자 군대를 보내 교황을 도와 카톨릭 교회의 지지를 확보했다. 군부에는 '강력한 프랑스'를 제시하며 나폴레옹 1세의 영광을 상기시켰다. 그러면서 민주주의와 자유주의를 교묘히 억압했다. 그리하여 1851년 대통령의 신분으로 친위 쿠데타를 일으켰고 1852년 황제에 올라 나폴레옹 3세가 되었다.

사내는 자신을 나폴레옹 1세의 후계자라고 선전했으며 자신의 캐릭터를 큰아버지의 군사적 재능을 물려받은 강력한 군인으로 설정했다. 그의 통치 아래 운 좋게 경제 호황이 찾아왔고 크림 전쟁에서 영국과 연합하여 러시아를 저지했으며 인도차이나반도에서 식민지를 늘렸다. 이탈리아 통일 전쟁에도 참여해서 오스트라아 군을 물리쳤고 그 대가로 니스를 얻었다.

하지만 크림 전쟁에서 러시아의 남진을 막은 것은 프랑스보다 영국의 이익에 부합했다. 사내의 목적은 이탈리아를 당시 독일처럼 느슨한 연방으로 만드는 것이었으나 정작 통일된 이탈리아는 강력한 왕국이었다. 그외에도 사내가 벌인 소소한 전쟁은 죄다 상대가 약했다. 사내는 그런 전쟁에서 승리하며 나폴레옹 1세의 후계자라는 인상을 공고히 했고 심지어 자신을 정말 '군사적 천재'라고 믿었다.

그러나 그런 망상은 비스마르크와 몰트케를 만나며 산산이 부서졌다. 프로이센 왕국의 비스마르크는 탁월한 외교술을 이용하여 사내를 고립시키고 전쟁으로 내몰았다. 몰트케의 프로이센 군은 사내의 프랑스 군을 손쉽게 격파했다. 사내는 참담하게 패배했고 치욕스럽게 항복했다. 프랑스는 막대한 배상금과 함께 알자스-로렌 지역을 빼앗겼다. 사내는 영국으로 망명했고 거기서 사망했다. 보나파르트 가의 프랑스 통치는 완전히 끝났다.

　루이 나폴레옹, 그러니까 나폴레옹 3세는 유능한 정치인이다. 나폴레옹이란 이름이 지닌 자산을 훌륭하게 사용했기 때문이다. 그는 자신을 나폴레옹 1세의 후계자이며 군사적인 천재이자 혼란을 끝내고 질서와 번영을 가져올 강력한 통치자로 설정했다. 1836년과 1840년에 괴상망측한 쿠데타를 시도할 때부터 1870년 스당 전투에서 패배할 때까지 올곧게 그런 캐릭터를 유지했다. 적절한 캐릭터를 설정하고 그걸 붕괴시키지 않는 것이 현대 사회에서 정치인으로 성공하는 지름길임을 감안하면 그는 유능한 정치인이 확실하다.

　다만 위대한 정치인은 아니다. 훌륭한 정치인도 되기 어려울 것이다. 왜냐하면 가장 중요한 순간에 캐릭터가 붕괴했기 때문이다. 그는 자신의 캐릭터를 '나폴레옹 1세의 군사적 재능을 물려받은 강력한 남자'로 설정했지만 실제는 그게 아니었다. 만만한 상대와 전쟁을 벌일 때는 그 캐릭터를 유지할 수 있었으나 비스마르크와 몰트케 같은 강력한 상대를 만나자 처참하게 붕괴됐다.

사실 오늘날에도 나폴레옹 3세처럼 캐릭터가 붕괴되는 정치인이 꽤 많다. 물론 나폴레옹 3세만큼 유능한 경우는 드물다. 나폴레옹 3세의 캐릭터를 붕괴시킨 비스마르크, 몰트케, 카부르는 몇 세대 만에 나타나는 전설적인 영웅이다. 그런 존재를 만나 캐릭터가 붕괴하는 것은 어쩔 수 없는 상황인지도 모른다.

　그런데 주변을 보면 훨씬 약한 존재를 만나도 캐릭터가 붕괴되는 사람이 많다. 만만한 상황에서는 '사람에 충성하지 않는다', '공정과 원칙', '오직 국민만 본다'와 같은 멋진 말로 '무엇에도 흔들리지 않는 정의롭고 단단한 인간'으로 캐릭터를 설정한다. 그런 캐릭터를 기반 삼아 유명세를 얻고 영향력을 떨친다. 그러나 조금만 버거운 상대를 만나면 순식간에 캐릭터가 붕괴된다. '사람 말고 권력에 충성한다', '재정의된 공정과 원칙', '오직 국민의 일부만 보고 간다'가 된다.

　이 글을 읽고 '역시 알고 보니 우리 편이네'라고 생각하는 사람이 있을 가능성이 크다. 그런데 안타깝게도 바로 당신 같은 부류와 당신이 따르는 캐릭터를 떠올리며 쓴 글이다.

'뇌피셜'은 이제 그만!

무력한 순간을 감추는 것은 모든 동물의 본능이다. 무력한 순간을 드러내도 위험이 비껴갈 수 있으나 그런 행운에는 한계가 있다. 또 무력한 순간을 자주 드러내는 개체는 포식자와 천적의 표적이 될 수밖에 없다.

인간도 마찬가지다. '만물의 영장'이라 일컫고 '인류애' 같은 고상한 단어를 쓰지만 정작 인간처럼 서로를 효율적으로 살육하는 동물은 드물다. 국가란 조직의 목표도 겉으로는 구성원의 안녕을 내세우지만, 사실은 다른 국가를 굴복시켜 착취하고 그 구성원이 저항하면 살육하는 것에 가깝다. 심지어 국가란 조직 내부에서도 약한 구성원은 착취당하고 툭하면 공격 대상에 오른다.

그런 측면에서 사내는 매우 불우한 운명을 타고났다. 대부분의 사람이 가장 무력한 순간을 어느 정도 숨길 수 있는 반면, 사내는 그게 가능하지 않을 때가 너무 잦았다. 물론 사내에게도 기회가 없는 것은 아니다. 다만 시간이 너무 짧았다. 그 무시무시한 순간은 번개가 내리치듯, 돌풍이 몰려와 잔잔한 바다를 깨뜨리고 거친 파도를 만들듯 갑작스레 다가오지만 아주 짧게 준비할 시간을 준다. 그 순간이 다가왔다는 것을 알 수 있는 몇 가지 변화가 있으나 거의 임박해서야 나타난다. 서재에서 책을 읽을 때, 몇 푼의 돈을 위해 원고를 끄적일 때, 잠을 청하고자 침대에 몸을 뉘었을 때 찾아오면 정말 다행이다. 그러나 사람들과 함께 식사할 때, 거리를 걸을 때, 도박판에서 크게 돈을 걸려고 할 때 찾아오면 낭패다.

번개를 맞은 것처럼 갑자기 모든 동작을 멈춘 다음, 눈알이 한쪽으로 돌아가고 팔다리는 뻣뻣하게 펴진 후에 열병에 걸린 것처럼 떨린다. 입에 거품을 한껏 물고 쓰러져서 사람들이 깜짝 놀랄 만큼 뒹군다. 그러다가 이내 정신을 잃고는 코를 골며 잠에 빠진다.

생각만 해도 비참했다. 사내는 어릴 때부터 그 순간에서 아예 깨어나지 않기를, 신이 그의 영혼을 지옥이나 천국으로 거두어 가기를 바랐다. 특히 사내가 태어난 계층과 국가를 감안하면 그건 정말 치명적인 약점이다. 비밀 결사 단체의 동지들이 그를 미덥지 못한 인간으로 간주하여 2류로 취급한 것에도, 시베리아의 유형 생활 내내 외톨이로 지낸 것에도, 모두 그 치명적인 약점이 한몫했다. 따지고 보면 도박에 빠진 것도, 늘 빚에 허덕이는 것도 모두 그 약점 때문이다.

그런데 세상에 '완전하게 나쁜 것'은 드물다. 비극과 재앙에도 아주 자그마한 장점 하나쯤은 있기 마련이다. 사내의 약점도 그랬다. 그 무력하고 수치스러운 순간이 찾아오는 일이 거듭될수록, 그 비참한 발작이 시작되기 직전 사내는 말로 표현할 수 없는 희열을 느꼈다. 아주 짧은, 정말 찰나에 불과하지만 천상의 빛 가운데 신을 만나는 듯한 기분을 경험했다. 그러면서 사내는 영감을 얻었다. 사내는 악질적인 도박쟁이이고 누구의 신뢰도 얻지 못한 외톨이이며 황제가 굳이 처형할 필요를 느끼지 못하는 '무능한 과격 분자'에 불과했지만 점점 신과 가까워졌다. 그가 쓰는 글도 점점 깊어졌고 유배 생활을 회고하는 것에서 벗어나 '선과 악', '죄와 구원' 같은 주제로 뻗어갔다.

그렇다. 그 사내는 바로 표도르 도스토예프스키다.

도스토예프스키의 소설에는 뇌전증으로 고통받는 인물이 자주 등장한다. 그는 그런 인물을 단순히 자주 등장시키는 것에 그치지 않고 발작이 일어나는 순간을 매우 실감 나게 묘사한다. 그런 발작을 자주 목격했거나 직접 겪지 않고

서는 제대로 알 수 없는 부분을 현실적으로 그린다.

비결의 이유는 간단하다. 도스토예프스키가 뇌전증 환자였기 때문이다. 도스토예프스키는 '측두엽 뇌전증'을 앓았던 것으로 추정된다. 해당 질환의 경우, 발작이 시작하기 직전 묘한 전조가 찾아온다. 드물게 그런 전조가 종교적 경험으로 이어지기도 하고 병의 진행과 함께 환자가 형이상학적 사고에 심취하여 종교적으로 변하기도 한다. 도스토예프스키의 작품이 후반으로 갈수록 진지하고 종교적 색채를 띠는 것도 측두엽 뇌전증의 영향일 수 있다.

물론 뇌전증은 축복과는 거리가 멀다. 특히 효과적인 치료제가 없던 시절에는 개인의 재능을 빼앗고 삶을 황폐화시키며 때로는 죽음으로 이끄는 병마가 틀림없었다. 더구나 측두엽 뇌전증이 없었어도 도스토예프스키는 위대한 작가가 되었을 가능성이 크다. 뇌전증을 앓는 인물이 등장하지 않아 줄거리가 바뀌고 주제가 조금 달라졌을지 몰라도 틀림없이 훌륭한 작품을 남겼을 것이다.

어쨌든 도스토예프스키 외에도 측두엽 뇌전증을 앓은 것으로 추정되는 역사적 인물은 꽤 있다. 예를 들어 사도 바울도 거기에 해당한다. 바울이 서신서에서 언급하는 '육체의 가시'가 측두엽 뇌전증이며 유명한 '사막에서의 회심'도 조난당해 심각한 탈수를 겪는 상황에서 찾아온 발작이라는 가설이 있다.

뇌전증 외에도 역사적 인물의 질병을 탐구하면 꽤 재미있다. 체사레 보르자가 통일된 이탈리아의 군주에 오르는 것을 방해한 질병은 말라리아일 가능성이 크다. 나폴레옹 1세는 기면증이 있었을 가능성이 다분하다. 고갱은 자기애적 인격 장애와 반사회적 인격 장애를 동시에 지녔을 가능성이 있고 고흐의 삶과 그림을 보면 조현병을 의심할 수 있다.

아직까지 밝혀지지 않은 질병을 떠올려도 재미있다. 펠로폰네소스 전쟁에서 아테네를 패배로 이끈 전염병은 페스트부터 콜레라와 장티푸스까지 다양한 가설이 있다. 하지만 어느 하나도 꼭 들어맞지 않아 원시의 자연에서 뛰쳐나와 거대한 죽음을 남기고 사라진 정체불명의 바이러스성 출혈열일 가능성도 있다.

훨씬 가까운 과거로 가도 비슷하다. 윈스턴 처칠은 조울증일 가능성이 있고 히틀러의 마지막 몇 년에는 메스암페타민의 그림자가 짙게 드리운다. 스탈린은 편집증적 망상이 있는 반사회적 인격 장애일 것이다. 레닌이 앓은 치명적인 뇌졸중은 소비에트 러시아의 미래를 바꾸었을 가능성이 있다.

임상 의사이며 역사를 좋아하는 독서광인 입장에서 이렇게 유명한 인물의 질병을 밝히고 역사적 사건을 좌우한 전염병의 실체를 탐구하는 것은 매우 즐거운 취미다.

그렇지만 여기에는 주의할 부분이 있다. 오래전에 사망한 인물의 질병을 탐구하는 일은 비교적 안전하다. '여러분, 알고 보니 베토벤은 납 중독이 아니라 간 질환으로 사망했어요'라고 주장해도 크게 바뀌는 것은 없다. 펠로폰네소스 전쟁 당시 아테네를 휩쓴 전염병을 변종 에볼라 바이러스라고 주장해도 마찬가지다.

그러나 가까운 과거만 해도 다르다. 히틀러와 스탈린처럼 70~80년쯤 전에 사망한 인물을 다룰 때도 주의할 필요가 있다. 예를 들어, 히틀러는 메스암페타민에 중독되었을 것이 틀림없지만 그걸 과대평가하는 것은 좋지 않다. 1930년대에는 메스암페타민, 코카인, 아편 같은 약물을 광범위하게 사용했다. 불법도 아니었고 꼭 나쁘다고 생각하지도 않았다. 메스암페타민은 군인과 노동자의 보급품에 포함되었다. 그래서 히틀러가 메스암페타민을 복용하는 것이 당시 사람들에게는 경악할 사건이 아니었을 것이다. 더구나 나치 독일이 패망한 것은 전체주의의 약점을 극복하지 못했기 때문이다. 스탈린의 사후에 격하 운동이 벌어지고 그의 잔당이 몰락한 것도 공포 정치의 한계가 직접적인 원인이다. 심지어 펠로폰네소스 전쟁에서 아테네가 패배한 것도 독선적인 패권주의의 취약점이 전염병에 우선한다. 전염병이 돌지 않았어도 아테네는 전쟁에서 이기기 어려웠을 것이다.

그러니 동시대의 인물은 말할 것도 없다.

인간은 이야기를 무척 좋아한다. 동굴 벽에 그림을 그리던 시절부터 우리 인간은 모닥불에 둘러 앉아 입담 좋은 이야기꾼의 작은 공연에 귀를 기울였을 것이다.

그러다 보니 현대는 '이야기꾼의 전성시대'다. 손쉽게 얻을 수 있는 온갖 정보가 넘쳐 난다. SNS는 그런 정보를 소재 삼아 상상력으로 버무린 이야기를 늘어놓기에 더할 나위 없이 좋은 수단이다.

그러나 여기에는 어둠도 존재한다. 어느 시대보다 음모론이 기세를 올리고 교묘하게 짜깁기한 자극적인 가짜 뉴스가 건조한 사실을 압도한다. 특히 유명인이 사망하면, 혹은 끔찍한 사건이 터지면 해당 분야와 관련 있는 전문가가 여기저기서 자신의 가설을 외친다. 당연히 의사, 특히 임상 의사도 그것에서 빠지지 않는다. 인간의 생명을 다루는 직업이다 보니 유명인의 죽음, 끔찍한 사건 사고에 그럴듯한 가설을 세우기 좋은 위치다.

지난 2023년 4월 20일, 대중에게 알려진 어느 유명한 코미디언의 죽음도 마찬가지다. 더구나 수액을 맞다가 사망했으니 죽음의 원인과 사건의 진실을 두고 대중의 호기심이 폭발했다.

그러나 의사에게는 전문가로 지킬 최소한의 기준이 있다. 자신이 직접 진료하지 않았다면, 혹은 충분한 정보를 지니지 못했다면, 함부로 가설을 세우고 사람들에게 알려서는 안 된다. 따지고 보면 그건 그냥 의미 없는 '뇌피셜'에 불과하다. 자칫 이상한 음모론의 불씨가 되어 엉뚱한 문제만 만들 수 있다. 살아있는 유명인의 건강을 두고 왈가왈부하는 것도 마찬가지다.

그러니 죽음의 원인을 탐구할 대상은 직접 진료한 환자와 먼 과거의 인물이 좋다. 후디니가 무슨 문제로 사망했는지, 카이사르에게도 뇌전증이 있었는지, 고대 아테네의 전염병이 진짜 무엇인지, 얼마나 안전하고 흥미진진한 소재인가!

이단과 사이비를 구분하라

SNS에는 광고가 넘쳐 난다. 너무 상투적인 것도 있고 경탄할 만큼 기발한 것도 있다. 때로는 의도적인 촌스러움, 소위 'B급 감성'으로 승부하는 경우도 있다. 솔직히 광고에서 자신 있게 내세우는 말 따위 조금도 믿지 않지만 시선을 끄는 방법만큼은 늘 흥미롭다.

그런 시선을 끄는 다양한 방법 중에 의사와 약사 같은 전문가를 언급하는 것은 케케묵은 방식이다. 다만 지극히 상투적임에도 사라지지 않는 것은 그만큼 효율적이기 때문이다.

그날 우연히 마주한 광고도 그랬다. '의사인 OO이 추천하는 혈당 관리법'이란 문구로 시작하는 카드 뉴스였는데, 응급 의학과 의사의 직업적 호기심이 자극받아 카드를 확인할 수밖에 없었다.

"당뇨병은 다양한 혈관 질환을 일으키고 신장병 같은 무서운 합병증을 초래한다."

틀린 말은 아니었다. 당뇨병은 많은 중증 질환의 악화 요인에 해당하며 몇몇 질환에서는 아예 직접적인 원인이다.

"당뇨병은 만성 신장병을 초래하고 상당수의 환자는 혈액 투석을 받게 됩니다."

"당뇨병은 망막 질환을 일으켜 실명을 초래하고 족부 병변은 발가락의 절단으로 이어지기도 합니다."

모두 엄연히 의학적 사실이다. 물론 '공포 마케팅'의 냄새가 났다. 의사란 전문가를 언급하며 눈길을 끌고 당뇨병의 합병증을 담담하게 나열하여 은근하면서도 강력한 공포를 일으켰으니 이제 상품을 선전할 차례였다.

"인슐린이 부족하거나 제대로 작동하지 않는 것이 당뇨병의 원인, 그렇다면 해답도 여기에 있다."

"인슐린과 가장 비슷한 천연 물질인 XXX, 임상 시험에서 혈당이 30%나 감소했다. 30%라면 200인 혈당이 140이 되었다는 뜻이다."

드디어 광고는 속셈을 드러냈다. '인슐린'과 '임상 시험'이란 그럴듯한 의학 용어, '천연 물질'이란 마법의 단어를 사용했으며 '200에서 140으로 감소' 같은 수치까지 제시했으니 많은 사람이 고개를 끄덕이며 넘어갈 것이다.

"OOO잎에서 추출한 천연 인슐린인 XXX와 건강에 좋은 ♡♡♡까지 함유한 ###! 효과가 없으면 환불 가능합니다!"

카드 뉴스는 그렇게 끝났고 나는 씁쓸하게 웃으며 한숨을 내쉬었다. 의약품이라 주장하지 않았으며 치료제라 말하지 않았으니 불법은 아닐 것이다. 그러나 적지 않은 사람이 광고를 보고서 구매해 복용하면 병원에서 약을 처방받을 필요가 없고 인슐린을 주사할 이유도 없다고 생각할 것이다. 생각에 그치지 않고 행동으로 옮기는 사례도 있을 것이다.

안타깝게도 행동으로 옮기는 용기를 낸 대가는 만만치 않을 가능성이 크다. 운이 좋다면 신장이 천천히 망가지고 발가락에 궤양이 생길 것이다. 운이 나쁘면 가쁜 숨을 내쉬며 의식이 저하된 상태로 응급실에 실려 갈 것이다.(숨을 가쁘게 쉬고 의식이 약간 저하하는 것은 당뇨병성 케톤산증의 초기 증상이다.) 인공적으로 합성한 경구 혈당 강하제와 역시 인공적으로 생산한 인슐린 주사에 의존하지 않고 천연 물질로 당뇨병을 조절하겠다는 시도는 하나같이 비극과 재앙으로 끝난다. 본질을 치료하지 못하고 혈당이란 피상적인 수치만 개선하는 현대 의학에 의존하지 않고 천연 물질의 도움으로 이겨 내겠다는 것이다. 이로 인해 발생하는 비극과 재앙의 대부분은 일단 발생하면 되돌릴 수 없다. 아무리 후회해도 소용없다. 이런 문제는 'OOO잎의 추출물'과 같은 건강 기능 식품에 그치지 않는다.

"주류 의학은 대학 병원을 중심으로 강력한 기득권을 누리는 엘리트 집단이 장악했습니다. 그들은 자기네에 어긋나는 연구에는 귀를 기울이지 않습니다. 혁신적인 연구가 훌륭한 결과를 거두어도, 심지어 그 연구를 환자에게 적용하여 치료에 성공해도 주류 의학계는 외면합니다. 그들은 정부, 건강 보험 공단, 제약 회사와 함께 각자의 이익을 지키기 위해 공고한 카르텔을 형성했습니다. 물론 자신의 몫을 키우고자 투쟁해서 서로 반목하는 것처럼 보이지만 그들은 하나의 공동체입니다. 그들이 맹목적으로 따르는 주류 의학에 조금이라도 어긋나면 벌떼처럼 덤벼듭니다. 환자의 고통과 보호자의 아픔 따위는 안중에도 없고 오직 그들의 기득권에만 집중합니다."

의료계의 주변부를 살펴보면 위와 같은 말을 어렵지 않게 접할 수 있다. 다만 과거에는 의사가 아닌 사람, 외국에서 받은 자격증을 내세운 유사 의료업자가 위와 같은 논리로 환자와 보호자를 현혹했다면, 요즘에는 정부가 발급한 면허를 지닌 '진짜 의사'가 비슷한 악행을 저지른다. 심지어 어떤 경우에는 더는 주변부에 머무르지 않고 '정밀 의학' 같은 단어를 내세워 의학의 최첨단을 참칭한다.

물론 그들이 행하는 치료는 매우 다양하다. 어떤 이는 환자의 모발, 혈액, 소변을 그럴듯한 기계로 검사해서 중금속 중독이라고 진단한다. 장내 미생물 불균형과 미량 원소 부족도 동반했다고 선고한다. 그러면서 약을 처방하는데, 내용을 보면 엄청나다. 일단 스테로이드와 항히스타민제는 기본이다. 장내 미생물이 불균형하니 사이프로플록사신 혹은 노르믹스 같은 항생제를 추가하고 유산균 제재도 함께 처방한다. N-아세틸시스테인부터 비타민C 같은 온갖 종류의 항산화제를 덧붙이고 셀레늄 같은 영양제도 빠지지 않는다. 그렇게 처방하면 대개 일시적으로 효과가 있다. 그들을 찾아간 환자의 상당수는 불안 장애 같은 문제를 가지며 원인을 특정하기 힘든 알레르기 질환인 경우라 강력한 플라시보 효과와 스테로이드의 기적에 힘입어 어느 정도는 증상이 개선된다. 또 대학 병원에서 제대로 진단하지 못한 질환의 상당수는 나중에 진단을 성공하고 보면 호전과 악화를 반복하는 희귀한 질병일 때가 많다. 그러니 환자와 보호자가 강력한 믿음을 지녔다면 안수 기도와 엑소시즘 혹은 굿거리 한 판에도 비슷한 효과를 체험했을 것이다.

다른 이는 기존의 공격적인 방법은 암을 치료하는 것이 아니라 몸을 파괴한다고 주장하며 암을 혁신적으로 치료하는 방법을 설파한다. 그래도 면허가 있는 의사여서 대장균이

득실거리는 지하수를 생명수라 속여 파는 수준의 행위는 저지르지 않는다. 대신 항암 효과가 있으나 너무 작아서 보조적인 치료법으로 고려할 수 있는 방법을 과대 포장한다. 온열 요법, 면역을 이용한 자가 치유 따위가 여기에 속한다. 그들은 공신력이 부족한 학회지에 실은 논문을 인용할 때가 많다. 때로는 꽤 유명한 학회지에 실린 논문을 인용하지만 짜깁기로 논문의 결과를 교묘히 왜곡하여 해석한다. 당연히 그들이 치료한 암 환자는 대부분 사망한다. 그러나 문제가 발생하는 경우는 극히 드물다. 초기 위암과 초기 대장암처럼 수술로 완치될 가능성이 큰 환자는 굳이 그들을 찾지 않기 때문이다. 그들을 찾는 환자의 대부분은 수술로 완치가 어렵고 다른 치료법도 뚜렷하지 않은 경우다. 어차피 생존이 힘든 매우 절박한 상황에 몰린 터라 환자가 사망해도 의료진을 원망하지 않을 때가 많다.(물론 가끔 안타까운 비극이 발생한다. 스티브 잡스가 좋은 사례다. 스티브 잡스가 걸린 췌장암은 독특한 종류여서 일찍 수술했다면 완치를 기대할 수 있었고 최소한 훨씬 오래 살수 있었다. 그러나 그는 대체 의학에 소중한 시간을 낭비했고 나중에야 주류 의학의 권고를 받아들였지만 너무 늦었다.)

마지막으로 살펴볼 부류가 가장 악질적인데 그들은 첨단 의학을 교묘히 흉내 낸다. '인간 게놈 프로젝트의 성과', '줄기세포' 같은 단어를 우아하게 사용한다.

"기존의 의학은 평균적인 인간을 대상으로 합니다. 그런데 그런 평균적인 인간은 환상에 불과합니다. 개인의 성격이 저마다 다른 것처럼 유전자도 마찬가지입니다. 따라서 유전자에 맞추어 저마다 다르게 치료해야 합니다. 또 같은 방법을 이용하여 노년에도 삶의 질을 유지하고 궁극적으로는 수명을 연장할 수 있습니다."

따지고 보면 틀린 말은 없다. 이미 유방암과 백혈병에서 특정 유전자의 유무에 따라 다른 치료법을 사용한다. 또 개인의 특성에 따른 맞춤 치료는 주류 의학의 최첨단이 맞다. 다만 아직까지 표준화하여 상용화하기 어려운 단계다. 몇몇 질환에 실험적으로 사용하여 성과를 거두었지만 대부분의 질환을 그렇게 치료하고 나아가 삶의 질을 개선하며 수명을 연장하겠다는 말은 사기에 가깝다. 지금 당장 핵융합 발전을 이용하여 지구 온난화와 에너지 문제를 단번에 해결하겠다는 주장과 비슷하다. 핵융합 발전은 이론적으로 가능하며 언젠가는 상용화하겠지만 지금 당장 그걸 사용할 수 있다고 주장하는 과학자는 사기꾼이 틀림없다.

어쨌든 세 부류, 모두 비판에 직면하면 '주류 의학계가 기득권을 지키고자 불편한 사실을 외면한다', '정부, 건강 보험 공단, 제약 회사, 대학 병원이 사악한 카르텔을 형성하여 환자의 이익을 침해한다', '주류 의학계의 경직되고 독선적인 행태가 의학의 발전을 가로막는다'고 주장한다. 자신이야말로 환자를 최우선으로 생각하는 진정한 의료인이며 의학의 발전을 위해 갖은 핍박을 감내하는 선구자라 외친다.

그런데 이런 변호가 굉장히 익숙하지 않나? 의료계보다 훨씬 더 알려진 분야에도 유사한 변명을 늘어놓는 집단이 존재한다. 소위 사이비 종교, 그러니까 유사 종교가 비슷한 논리를 펼쳐 자기네를 변호한다. 그들은 예수도 처음에는 배척받지 않았냐고 말한다. 소크라테스도 날조된 죄목으로 처형당했으며 석가모니도 기존의 브라만교에서는 미움받았지만 이제는 모두 위대한 인물로 추앙받지 않느냐고. 빛이 왔으나 어둠이 깨닫지 못하고 진정한 선지자는 고향에서 환영받지 못하기 마련이라 말한다.

기원후 30~40년 무렵 예수를 따르는 집단은 정말 보잘것없었다. 교주였던 예수는 꽤 카리스마가 있고 종종 번뜩이는 예언을 외쳐 대중의 관심을 얻었으나 십자가에 달려 비참하게 죽었다. 추종자들은 예수가 생전에 남긴 수많은 알쏭달쏭한 말들, 망상 혹은 환각에 취해 외친 듯한 말들 가운데서 다시 살아날 것이라고 했던 부분에 의지하여 믿음을 이어갔으나 한 줌도 되지 않았다. 예수를 위험 인물로 간주하여 제거했던 로마 총독부와 유대인 상류층은 확실히 안도했을 것이다. 그때까지만 해도 예수가 남긴 추종자는 기껏해야 유대교의 이단에 불과했다. 지식인이자 탁월한 조직가이며 종교적 천재에 해당하는 바울이 등장하여 '오직 믿음으로 구원받고 거기서 모두는 평등하다'란 혁신적인 교리를 만들고 예수의 행적을 거기에 맞추어 다듬기 전까지는 정말 그랬다.

기독교만이 아니다. 석가모니가 등장했을 때 대부분은 그가 브라만교의 이단자라 생각했다. 무함마드가 만든 종파가 중동에서 힘을 얻기 시작할 때도 동로마 제국의 지배층과 정교회의 엘리트는 그들을 기독교의 이단이라 판단했다. 그러니까 기독교, 불교, 이슬람교, 모두 처음에는 각각 유대교, 브라만교, 기독교의 이단으로 오해받았다. 어쩌면 처음에는 정말 그랬을 수도 있다. 이단은 기존의 질서와 사상을 새롭게 해석하여 생명력을 얻는 집단이기 때문이다.

그래서 '이단'과 '사이비'는 다르다. 르네상스 무렵에 후스, 위클리프, 루터, 칼뱅, 츠빙글리 같은 인물들이 등장하며 카톨릭의 이단에 해당하는 가르침을 펴고 추종자를 조직했지만 사이비와는 거리가 멀었다. 재세례파, 퀘이커, 몰몬교는 그런 개신교에서도 이단이라 평가받지만 역시 사이비와는 거리가 있다. 이슬람도 마찬가지다. 수니파와 시아파는 서로를 이단이라 부르지만 둘 다 사이비는 아니다. 수피파, 알라위, 드루즈, 이스마일파 같은 집단 역시 이단일지는 몰라도 사이비는 아니다.

그러나 JMS와 같은 집단은 다르다. 그들은 틀림없이 사이비다. 오쇼 라즈니쉬의 공동체도 사이비다. 또 몰몬교 자체는 사이비가 아니나 우두머리가 교주 노릇하며 구성원을 착취하는 몇몇 극단주의 몰몬교 공동체는 사실상 사이비다.

이단과 사이비의 가장 큰 차이는 '살아 있는 신' 혹은 '살아 있는 교주'의 존재 여부다. 대부분의 사이비에는 '살아 있는 신' 혹은 '신과 거의 동등한 존재'를 참칭하는 교주가 존재한다. 그래서 겉으로 혁신을 부르짖으며 온갖 고결한 명분을 내세워도, 실제로는 교주와 몇몇 핵심 인물의 개인적 이익을 추구하며 구성원을 착취한다. 반면에 이단은 적어도 '살아 있는 신'을 섬기지는 않는다. 이상하고 기괴하게 보여도 구성원을 착취하는 사례는 드물다. 현실에 부딪혀 실패하고 일그러지더라도 진심으로 기존의 종교를 혁신하고 세상을 바꾸기를 소망한다.

다시 의학의 세계로 돌아가자. 이단과 사이비의 이런 구분은 의료계에도 비슷하게 적용할 수 있다.

오늘날의 현대 의학도 처음에는 주류 의학이 아니었다. 파라켈수스가 체액설에 반기를 들고 히포크라테스와 갈레누스가 쓴 의학 경전을 불태웠을 때, 존 스노가 오염된 물이 콜레라의 원인이라고 주장했을 때, 젬멜바이스가 의사들의 불결한 손이 산욕열(분만 또는 유산 과정에서 발생한 여성의 생식 기관의 감염으로 발생한 열)을 일으킨다고 주장했을 때, 모두 이단자로 취급받으며 격렬한 반대에 부딪혔다. 심지어 젬멜바이스는 자신의 목숨을 대가로 치루었다. 그뿐만이 아니다. 에드워드 제너는 종두법(천연두를 예방하기 위해 백신을 인체의 피부에 접종하는 방법)으로 많은 생명을 구하고 큰 명예를 얻었지만 온갖 음모론에 휘말렸다. 파스퇴르가 '미친 개'에 물린 소년에게 최초의 광견병 백신을 접종할 때도 다들 무모하다고 생각했다. 하지만 결국에는 모두 주류 의학으로 자리 잡고 현대 의학의 발전을 일구었다.

그래서 오늘날의 '사이비 의료인'도 자기네야말로 의학의 혁신을 가져와 새로운 시대를 열 선구자이며, 그렇기에 주류 의학계가 이단으로 지목하여 핍박한다고 주장한다.

그러나 그런 주장은 사실이 아니다. 그들은 이단이 아니라 사이비일 뿐이다. 종교계에서 진정한 이단은 기존의 종교를 혁신하여 새로운 세상을 만들고자 노력하지만 사이비는 교주와 몇몇 측근의 탐욕을 위해 구성원을 착취할 뿐이다. 의료계에서 이단은 정상적인 연구로 주장을 입증하여 의학의 발전을 도모하는 반면 사이비는 그럴듯한 논리로 대중을 현혹해 경제적 이익을 얻으려 할 뿐이다. 의료계의 이단은 어떻게 하든 자신의 연구를 입증하고 공신력 있는 학회지에 논문을 실어 기존의 고리타분한 학설을 되짚으려 노력한다. 그러나 사이비 의료인은 돈만 내면 논문을 실어 주는 '약탈적 학회지'에 알량한 논문을 올린다. 그리고 그걸 기반 삼아 대중을 현혹해 경제적 이익을 취한다. 대학 병원을 중심으로 한 주류 의학계를 가열차게 비판하며 자신의 혁신적 치료야말로 환자의 고통을 덜 수 있다며 언론 플레이를 감행하기도 한다. 그러나 그러한 '개원가의 고수들' 가운데 자신의 혁신적 치료법을 공신력 있는 학회지에 실은 사람이 몇 명이나 되는지 살펴보라. 또 건강 보조 식품과 영양제를 열심히 팔고 암과 같은 질환의 치료를 위해 온갖 대안적인 치료법을 시행하여 돈을 버는 의사들도 마찬가지다. 그들의 주장을 입증할 논문이 얼마나 있는지, 있다면 그게 어떤 학회지에 실렸는지, 혹시 전혀 다른 내용을 아전인수 격으로 해석하는 것은 아닌지 살펴보라.

안타깝게도 대부분은 그런 문제에서 벗어나지 못할 것이다. 그래서 그들은 혁신적인 이단이 아니라 탐욕스러운 사이비일 뿐이다.

B 교수와 신경외과의 전성시대

나는 지방 출신이다. 서울내기의 기준에 따르면 시골 사람에 해당한다. 초등학교부터 의과 대학까지의 교육 과정은 당연하고 전공의 수련도 지방에서 경험했다. 그래도 내가 졸업한 의과 대학과 수련한 대학 병원은 지방에서는 나름 손꼽히는 대도시에 위치했다. 다만 의과 대학과 대학 병원이 자리한 지역은 도심이 아니었다. 번화한 도심에서 지하철로는 정거장 서너 곳, 택시로는 15분가량이면 도착할 수 있는 거리지만 미군 부대, 재래시장, 싸구려 유흥가가 얽힌 '슬럼'에 해당했다. 특히 근처의 재래시장은 돼지국밥으로 유명해서 이른 낮부터 기름이 뜬 뽀얀 국물과 깐 양파를 안주 삼아 소주잔을 기울이는 사람이 적지 않았다. 그래서 의과 대학 수업이 끝나고 저녁을 해결하고자 돼지국밥 집에 들르면 다양한 술꾼을 만날 수 있었다. 그들 대부분은 육체노동에 종사하는 사람, 고정된 일자리가 아니라 그때그때 인력 시장에 나서 일을 구하는 사람이었지만 가끔 아주 이질적인 존재도 있었다.

B 교수도 그런 재래시장 돼지국밥 집의 이질적인 술꾼에 해당했다. 물론 B 교수는 겉모습만 따지면 이질적이지 않았다. 넥타이를 매지 않을 때가 많았고 구두는 낡았으며 양복도 평범했다. 중간 정도의 체격이었으며 주름진 얼굴과 적당히 검은 피부는 '교감 승진을 포기한 늙은 국어 교사' 혹은 '계장에서 정년을 끝낼 공무원'을 떠올리게 했다. 더구나 B 교수는 혼자 돼지국밥 집을 찾을 때가 많았다. 술은 막걸리나 소주였고 안주는 국물을 곁들인 수육이나 머릿 고기였다. 그래서 돼지국밥 집 주인을 제외하면 신경외과 선임 교수라는 B 교수의 정체를 알아차리는 사람이 거의 없었다.

사실 B 교수 같은 '윗선'을 식당에서 마주하는 것은 매우 불편한 경험이다. 다만 B 교수가 신경외과 선임 교수처럼 보이지 않는 것처럼 그 무렵의 나도 의과 대학생처럼 보이지 않았다. 100kg이 넘는 체중으로 한창 권투에 열중했던 터라 건달 혹은 형사에 어울리는 외모였다. 그 덕분에 B 교수가 있어도 눅진한 돼지국밥을 즐길 수 있었을 뿐만 아니라 홀로 술 마시는 B 교수를 자세히 관찰할 수 있었다.

그런데 돼지국밥 집의 B 교수와 수술실의 B 교수는 완전히 달랐다. 물론 수술실에서도 겉모습은 볼품없었다. 마취과 교수, 신경외과 레지던트, 수술실 간호사가 교수님이라며 깍듯하게 고개 숙이지 않으면 '늙은 환자 이송원'으로 착각할 정도였다. 하지만 수술을 시작하면 완전히 달랐다.

신경외과 수술은 길고 긴 서막 끝에 짧고 강렬한 절정이 찾아오는 연극과 같다. 피부를 절개하고 두개골을 열어 다양한 뇌척수막을 분리하는 긴 시간과 비교하면 정작 뇌의 병변을 해결하는 순간은 매우 짧다. 그러나 그 짧은 순간의 긴장은 엄청나다. 뇌는 정교한 장기이며 아주 중요한 역할을 담당하지만 동시에 엄청나게 연약해서 조금만 어긋나도 심각한 문제가 발생하기 때문이다. 특히 B 교수가 주로 하는 수술, 자발성 지주막하 출혈 결찰술(주머니같이 부푼 동맥과 정맥 난관이나 정관 등을 묶는 수술법)은 파열된 뇌동맥류를 신속하고 정확하게 지혈해야 한다. 피가 뿜어져 구조물을 확인하기 쉽지 않고, 조금만 빗나가도 심각한 후유증이 발생할 수 있는 수술이다. 게다가 이 수술은 수술용 루페를 착용한 상태로 동맥류를 정확하게 결찰하는 것에는 과학적인 기술 이상의 능력이 필요하다. 훌륭한 기술은 당연하고 타고난 대담함과 오랜 경험에서 얻은 외과 의사의 직관이 필요하다. B 교수는 그런 측면에서 대단한 고수였다.

"어떻게 그 상황에서 딱 한 번에 동맥류를 결찰하는지 정말 모르겠다니까."

수술을 함께 한 신경외과 레지던트들은 B 교수의 솜씨를 그렇게 증언했다.

심근 경색은 혈전이 심장 근육에 혈액을 공급하는 관상 동맥을 막아 발생한다. 혈액의 흐름이 차단되면 세포에 산소가 공급되지 않아 곧 괴사가 진행된다. 따라서 심근 경색은 매우 심각한 질환이며 방치하면 사망할 위험이 크다. 운 좋게 생존해도 심장에 치명적인 손상이 발생해서 후유증 때문에 일상생활을 영위하기 어려울 가능성이 크다. 물론 요즘에는 늦지 않게 병원에 도착하면 일상생활에 문제가 없을 만큼 회복하는 경우가 많다. 심지어 이송 중에 심실세동이 발생해서 심정지 상태로 응급실에 도착해도 몇 주 후에 스스로 걸어 퇴원하는 운 좋은 사례가 존재한다.

그런 기적 같은 회복은 심혈관 조영술의 발달과 관계가 깊다. 대퇴 동맥을 통해 의료용 카테터를 막힌 관상 동맥까지 삽입해서 직접 혈전을 제거하고, 막힌 관상 동맥을 개통하는 시술이 보편화되면서 심근 경색은 치료가 가능한 중증 질환이 되었다.

과거에는 달랐다. 1950~1960년대만 해도 특별한 치료법이 존재하지 않았다. 환자를 조용하고 편안한 환경에 수용해서 짧으면 4주, 길면 8주 정도 침상을 떠나지 않는 절대 안정을 취하도록 하는 것이 전부였다. 투여할 수 있는 약물도 모르핀 정도였다. 니트로글리세린 같은 혈관 확장제를 실험적으로 사용하는 사례가 있었으나 보편적이지 않았다. 그래서 많은 환자가 회복하지 못하고 사망했다. 운 좋게 사망하지 않은 사람도 심각한 심부전에 시달렸고 1~2년 이내에 심근 경색이 재발해서 사망하는 경우가 많았다.

1970년대에 들어서자 스트렙토키나제 같은 혈전용 해제를 사용하기 시작했다. 하지만 효과는 그리 크지 않았다. 혈전용 해제를 정맥에 주사하면 혈류를 타고 관상 동맥까지 다다르지만 관상 동맥을 막은 혈관을 직접 제거하는 방법이 아니기 때문이었다. 또 관상 동맥에 있는 혈전만 제거하는 것이 아니라 다른 혈관의 약한 부분이 터지거나 위와 십이지장 같은 점막에서 출혈이 발생할 위험도 컸다.

1980년대에 영상 의학이 발달하면서 앞서 언급한 심혈관 조영술이 개발되고 1990년대부터 보편화되자 비로소 상황이 달라졌다. 대퇴 동맥을 통해 카테터를 삽입해서 직접 혈전을 제거하고 좁아진 혈관을 확장시키며, 필요하면 스텐트 같은 기구를 넣을 수 있게 된 것이다. 이로써 심근 경색은 속수무책의 무서운 질환에서, 빠르게 진단하고 신속하게 시술하면 기적 같은 회복을 기대할 수 있는 질환으로 바뀌었다.

물론 심혈관 조영술이 보편화되기 전에도 심근 경색을 적극적으로 치료하는 방법이 있었다. '관상 동맥 우회술'이라는 수술이다. 문자 그대로 혈전에 막히거나 좁아진 관상 동맥의 역할을 신체의 다른 부분에서 채취한 혈관으로 대신하게 하는 수술이다. 다만 심장을 잠깐 멈추고 시행하는 수술, 체외 순환기가 필요한 수술이라 신속하게 시행하기 어렵고 모든 환자에게 적용되지도 않았다.

그런데 심혈관 조영술이 보편화되면서 관상 동맥 우회술에도 변화가 생겼다. 이전에는 관상 동맥 우회술이 필요했던 환자 상당수를 이제는 심혈관 조영술만으로도 치료할 수 있게 되었다. 시간이 흐르면서 이런 변화는 더욱 커져서 예전에는 수술이 꼭 필요했던 심장 판막 질환을 요즘에는 혈관 조영술을 응용한 시술로 치료하는 사례가 많아졌다. 그러니까 흉부외과의 전성기가 지나고 심장 내과의 시대가 도래한 셈이다.

이런 변화는 심장 질환에만 국한되지 않는다.

지주막하 출혈, 흔히 말하는 자발성 지주막하 출혈의 대부분은 뇌동맥류의 파열이 원인이다. 뇌동맥류는 뇌에 혈액을 공급하는 동맥이 부풀어 오른 병변이며 파열하지 않으면 별다른 증상이 없으나 일단 파열하면 아주 심각한 출혈이 발생한다. 이런 뇌동맥류와 지주막하 출혈의 관계는 르네상스 시대부터 알려지기 시작했고 18세기에 이르러서야 대략적으로 밝혀졌다. 하지만 그 시대에는 원인을 알아도 치료법이 없었다.

19세기 무렵, 몇몇 선구자가 지주막하 출혈을 치료하는 방법을 시도했다. 뇌에 혈액을 공급하는 동맥을 막아 출혈을 통제하려는 시도였는데 당시 기술로는 목에 있는 경동맥을 묶을 수밖에 없었다. 그러면 지주막하 출혈 자체는 지혈할 수 있지만 뇌의 상당 부분에 혈액이 공급되지 않아 심각한 뇌경색이 발생했다. 그러니까 사망 원인을 지주막하 출혈에서 뇌경색으로 바꾸는 것에 불과했다.

다행히 1930년대에 혁신이 일어났다. 노만 도트가 환자의 두개골을 열고 파열된 동맥류를 직접 지혈하는 수술을 시도했다. 물론 도트는 환자의 다른 신체 부위에서 채취한 근육을 사용하여 파열한 동맥류를 지혈하는 원시적인 방법을 사용했다. 하지만 직접 지혈한다는 개념은 정말 혁신적이었고 실제로도 효과가 있었다. 시간이 흐르면서 환자의 근육 조직이 아니라 금속 클립을 사용하는 방법으로 발전했고 '신경외과의 전성시대'가 열렸다. 이전에는 속수무책으로 지켜볼 수밖에 없었던 지주막하 출혈과 뇌 내 출혈을 수술이라는 적극적이고 대담한 방법으로 치료할 수 있게 됐기 때문이다.

그런데 재미있게도 신경외과의 전성시대도 흉부외과의 전성시대와 같은 이유로 저물기 시작했다. 관상 동맥까지 카테터를 삽입해서 막힌 혈전을 직접 제거하는 방식을 뇌혈관에도 사용하려는 시도가 나타났기 때문이다. 거기에 CT와 MRI 같은 장비를 이용한 영상 의학이 발달하면서 출혈 부위를 정확하게 알아낼 수 있을 뿐만 아니라 아직 파열하지 않은 뇌동맥류도 찾아낼 수 있게 되었다. 이는 혈관 조영술을 이용하여 지주막하 출혈을 치료하고 아직 파열하지 않은 뇌동맥류에도 선제적으로 예방 조치를 취할 수 있게 되었다.

그래서 요즘에는 지주막하 출혈을 진단하면 혈관 조영술을 우선적으로 고려한다. 예전처럼 두개골을 열고 직접 출혈을 지혈하는 수술은 혈관 조영술이 실패하거나 혈관 조영술을 시행할 수 없는 경우에만 사용한다.

재래시장의 돼지국밥 집에서 B 교수를 종종 마주친 시기는 1990년대 후반과 2000년대 초반이다. 당시에도 지주막하 출혈을 두고 혈관 조영술을 시행했지만, 요즘처럼 아주 보편화되지는 않았다. 여전히 수술로 직접 파열한 동맥류를 결찰하는 경우가 적지 않았다. B 교수가 레지던트로 수련받고 한창 전문의로 경험을 쌓던 시기에는 그런 경향이 더욱 강해서 수술 외에는 지주막하 출혈을 치료하는 방법이 없었다. B 교수가 보여 준 신기에 가까운 실력은 그런 경험의 결과이며 어떤 측면에서는 시대의 산물이기도 했다.

이런 변화는 한국만의 특수한 상황이 아니다. 저명한 신경외과 의사이며 베스트 셀러 작가인 헨리 마쉬도 자신의 책에서 자발성 뇌출혈에 관해 신경외과의 시대가 저물었다고 말한다. 심지어 신경외과가 아니라 영상 의학과에서 혈관 조영술을 담당하는 경우도 많다. 이제는 신경외과 의사가 기적을 발휘하는 영역은 자발성 뇌출혈이 아니라 뇌종양이다.

이런 역사를 보면 대형 병원에 뇌동맥류 수술을 담당하는 의사가 2~3명에 불과한 이유를 이해할 수 있다. 보험 수가가 낮아서도 아니며 의사의 숫자가 부족해서도 아니다. 따라서 의사 단체의 주장과 달리 보험 수가를 올려도 해결할 수 없을 가능성이 크다. 시민 단체의 주장도 마찬가지다. 그들의 주장을 따라 의사를 몇 배로 늘려도 뇌동맥류와 자발성 뇌출혈 수술을 담당하는 의사의 숫자는 늘어날 수 없을 것이다.

물론 제도의 개선은 필요하다. 뇌혈관 수술을 담당하는 신경외과 의사의 숫자가 많을 필요는 없지만 B 교수처럼 충분히 숙련된 의사는 분명히 필요하다. 의학의 흐름이 혈관 조영술에 모이는 현실을 감안하면 B 교수처럼 숙련된 소수의 의사를 확보하는 방안을 꼭 마련해야 한다. 의사들이 '교도소 담장 위를 걷는 심정'을 운운하며 독립운동가를 연상케 하는 지나치게 비장한 레토릭을 뇌까리는 것도, 시민 단체의 훌륭하고 고결한 분들이 의사를 사악한 이기주의자로 매도 하며 의대 증원을 '구세주의 복음'처럼 부르짖는 것도, 현실 에는 아무 도움이 되지 않는다. 만약 그들의 주장이 힘을 얻 어 정책에 옮겨지면 더 큰 재앙을 목격할 수 있을 것이다.

유사 과학, 음모론, 확증 편향
그리고 집단 자살

아주 예외적인 몇몇 사례를 제외하면 평범한 일상은 에세이 혹은 논픽션의 소재가 되기 어렵다. 대중은 쉽게 경험할 수 있고 이미 잘 아는 이야기에 관심을 보이지 않기 때문이다. 메디컬 에세이가 꾸준한 인기를 누리는 것도 병원이란 공간을 의료진의 입장에서 경험하는 사람이 매우 드물기 때문이다.

이런 경향은 영상물에서 한층 더 도드라진다. 영화와 드라마는 말할 것도 없고 다큐멘터리도 대부분 특별한 이야기를 다룬다. 그래서 범죄는 다큐멘터리의 좋은 소재다. 공권력을 조롱하는 대담한 절도, 범인이 끝내 밝혀지지 않은 미제 사건, 천인공노할 연쇄 살인은 그런 다큐멘터리의 단골 소재다.

그런데 정말 재미있는 다큐멘터리를 만들려면 처음부터 지나치게 특이한 이야기, 아예 대놓고 도드라진 소재는 피하는 것이 좋다. 그런 이야기는 자극적인 양념을 너무 많이 뿌린 음식과 같아 식상하다고 느낄 위험이 있기 때문이다. 또 처음부터 이야기가 너무 강렬하고 특이하면 흥미가 반감된다. 이야기에 서서히 빠져들게 만들려면, 이른바 흡입력 있는 서사를 지니려면, 처음에는 평범하게 시작한 이야기가 부지불식간에 엄청나게 생경하게 변하며 그 과정이 자연스러워야 한다.

넷플릭스 다큐멘터리 〈비밀의 집〉이 좋은 사례다. 다큐멘터리의 시작은 더할 나위 없이 평범하다. 인도 델리의 중산층 거주 지역이 배경이며 등장하는 가족도 평범하다. 그들은 라자스탄에서 이주했지만 중산층 거주 지역에 정착할 만큼 자수성가했다. 가족이 경영하는 가게는 평판이 좋고 수익도 양호하다. 그들이 소유한 건물은 11명의 대가족이 함께 살기에 충분하고, 젊은 세대는 고등 교육을 받아 명문 대학을 졸업했다.

그런데 갑자기 그 모든 평범함이 사라진다. 11명의 가족이 모두 시체로 발견되었기 때문이다. 심지어 10명은 건물 내부에 있는 철골 구조에 목을 맨 상태로 발견되었는데 그 모습은 벵골보리수를 연상하게 했다.

그것만으로도 중산층 거주 지역의 평온한 일상을 크게 흔들었으나 사건의 전말이 밝혀지자 충격은 한층 커진다. 살해당하거나 외부의 사악한 집단으로부터 죽음을 강요받은 것이 아니라 평화롭게 그들의 의지로 죽음을 선택했기 때문이다. 물론 여느 집단 자살과 마찬가지로 꽤 오래전부터 가족에는 문제가 있었다. 겉으로는 평범한 중산층이며 성실하고 선량한 이웃이었으나, 가족의 구심점인 아버지가 사망하면서 망상 장애를 지닌 아들이 영향력을 얻기 시작했다. 그런 아들의 예언 가운데 몇 가지가 운 좋게 적중하여 외부와 차단된 '그들만의 세계'가 만들어지면서 가족은 점차 아들을 맹신하게 된다. 그러다가 급기야 아들은 생명의 나무에 목을 매면 영원한 삶을 얻을 수 있다고 주장하고 가족은 그의 말을 따라 집단 자살을 감행한다.

사실 이런 이야기는 인도뿐만 아니라 다양한 국가에 존재한다. 한국에서도 1987년 여름, 서른 명 넘는 희생자를 남긴 '오대양 집단 자살 사건'이 있었다. 또 집단 자살까지 이르지 않아도 망상이나 다름없는 주장을 맹신하며 파멸로 나아가는 사례는 아주 많다. 다양한 사이비 종교는 말할 것도 없고 대부분의 사기와 불법 다단계도 본질적으로 비슷하다. 재미있게도 이런 이야기를 접하는 대부분의 반응은 비슷하다.

"어떻게 그런 터무니없는 이야기에 넘어갈 수가 있는가?"

"황당할 뿐만 아니라 자기 파괴적인 망상에 넘어간 것을 보면 그들은 처음부터 정상이 아니었을 것이다."

"고등 교육을 받아도 허무맹랑한 이야기에 꼬일 수 있을 것이다. 어디에나 이상한 사람은 있기 마련이니까. 하지만 나처럼 멀쩡한 사람은 거기에 해당하지 않는다."

정말 그럴까?

나는 기독교인으로 태어났다. 아버지와 어머니뿐만 아니라 외할머니를 비롯한 외갓집이 모두 교회를 다녔다. 우리가 다닌 교회는 전성기에도 교인의 숫자가 200명을 넘지 않았지만 한국 전쟁 무렵까지 거슬러 오르는 긴 역사를 자랑했다. 그래서 보수적인 기독교 신앙 아래 어린 시절을 보냈다. 의과 대학에 입학한 후에도 CMF란 기독교 단체에서 많은 시간을 보냈고 레지던트 무렵까지도 정기적으로 교회에 출석했다. 그러다 보니 한국 기독교, 정확히 말하면 한국의 보수적인 개신교에 널리 퍼진 몇몇 음모론 혹은 유사 과학을 자연스레 경험했다.

우선 어린 시절에는 '사탄이 마침내 대중 문화를 선택했습니다'라는 문구와 함께 하나님을 적극적으로 찬양하지 않는 모든 것이 사탄의 도구라고 선언한 '반 뉴에이지 운동'을 경험했다. 반 뉴에이지 운동에 나선 사람들은 비틀즈와 마이

클 잭슨, 서태지 같은 가수의 음반을 거꾸로 들으면 사탄을 찬양하는 메시지가 나오며, 우피 골드버그가 영매로 등장하는 영화 〈사랑과 영혼〉은 기독교를 허물려는 간악한 시도라고 주장했다. 레드 제플린, 주다스 프리스트, 메가데스, 블랙 사바스 같은 밴드는 아예 대놓고 사탄을 찬양하고 숭배하는 악당이며 심지어 영화 〈파워 오브 원〉도 아프리카 토속 음악이 나오므로 사탄의 도구라고 주장했다. 정말 실소를 참을 수 없는 억지에 불과하지만 섬뜩하게도 1990년대 한국 개신교에서는 꽤 큰 세력을 모았다.

의과 대학에 입학한 후에는 창조 과학을 경험했다. CMF는 의대생과 치대생 같은 예비 의료인뿐만 아니라 의사와 치과 의사 같은 의료인도 포함된 단체였다. 그런데도 여름과 겨울에 열리는 전국 수련회에는 창조 과학 강의가 빠지지 않았다. 심지어 의과 대학 교수가 강의를 담당했다. 더구나 그 교수의 전공은 임상 의학이 아니라 기초 과학인 미생물학이었다. 그런 사람이 지구의 나이가 짧으면 수천 년, 길어도 몇만 년에 불과하고 화석의 연대를 측정하는 방법은 모두 사기이며, 진화론은 온갖 가짜 증거로 만든 환상에 불과하다는 말을 대학생들에게 펼친 것이다. 반 뉴에이지 운동만큼 황당한 이야기지만 아직도 CMF의 수련회에는 창조 과학이 빠지지 않는다.

한국 개신교는 요즘에도 여전히 그런 음모론과 유사 과학에서 벗어나지 못했다. 그들이 가열차게 진행하는 반 동성애 운동과 차별 금지법 반대 운동을 지켜보면 오히려 음모론과 유사 과학에 휘둘리는 경향이 한층 짙어진 듯하다.

그렇다면 그들은 왜 그런 터무니없는 주장, 실소를 터트릴 수밖에 없는 허무맹랑한 이야기에 휘둘릴까? 내가 생각하는 대답은 의외로 간단하다. 기독교인은 거의 비슷한 믿음을 공유하고 특히 한국의 보수적인 교회는 매우 획일화된 집단이기 때문이다. 거의 비슷한 믿음을 공유하는 사람들이 정기적으로 모이고 공동체를 형성하는 것만으로도 위험하다. 다수의 주장에 의문을 표시하면 핍박하고 외부와 교류를 주장하는 사람을 배척하며 온건하게 다양성을 외치는 사람조차 위험 인물로 낙인찍는다. 그러니 확증 편향에 매우 취약할 수밖에 없다. 그러니까 다르게 생각하는 방법, 외부의 관점에서 바라보는 훈련 따위에는 조금도 관심을 기울이지 않는다. 행여나 그런 태도를 보이는 사람이 있으면 불온한 자로 낙인찍어 제거하다 보니 터무니없는 주장과 허무맹랑한 이야기도 일단 조직의 승인을 받으면 강력한 영향력을 얻을 수 있다.

다른 전공과 달리 의과 대학에 입학한 대부분은 임상 의사가 되고 인턴-레지던트 수련을 거친다. 전문의 자격을 얻은 후에도 교수, 봉직, 개원이라는 세 가지 틀을 벗어나는 사례가 드물다. 또 대형 병원부터 작은 개인 의원까지 크기의 차이에도 의사가 만나서 교류하는 상대는 거의 비슷하다. 그러다 보니 의사 사회 혹은 의사 집단은 한국의 보수적인 기독교 이상으로 확증 편향에 취약하다. 의사 사회에서는 대세를 형성하는 주장 외에 다른 생각을 표현하기 어렵다. 병원의 다른 직종 혹은 사회의 다른 구성원의 입장에서 바라보는 일은 매우 드물다. 그래서 한국의 보수적인 개신교가 반 뉴에이지 운동, 창조 과학, 반 동성애 운동, 차별 금지법 반대 운동과 같은 음모론과 유사 과학에 휘둘리는 것처럼 의사 사회도 허무맹랑한 이야기를 신뢰하고 터무니없는 주장을 펼칠 때가 적지 않다.

안타깝게도 그런 행위는 매우 자기 파괴적이다. 〈비밀의 집〉에 등장하는 인도 가족이 비참한 최후를 맞이한 것처럼 확증 편향에 사로잡혀 허무맹랑한 이야기를 신뢰하고 터무니없는 주장을 펼치는 집단은 '게토화'하며 쇠락할 뿐이다. 다양한 관점에서 바라보고 우리가 아닌 제삼자의 입장에서 헤아리는 것은 그들이 아니라 우리의 생존과 번영을 위해 꼭 필요하다.

물론 이런 확증 편향에 젖은 집단은 보수적인 개신교와 의사 집단 외에도 많다. 보수적인 개신교와 의사 집단의 대척점에 있는 부류, 흔히 말하는 정의롭고 진보적인 시민은 과연 확증 편향에서 자유로울까? 죽창가를 부르고 수호대를 결성하는 행동, 성범죄를 저지른 정치인을 추앙하는 행위를 보면 별반 다르지 않은 듯하다.

마음을 다해 공존하기

일본원숭이는 온천을 즐기고 더러운 고구마를 물에 씻어 먹는다. 범고래는 순전히 재미를 위해 요트의 방향타를 공격한다. 심지어 범고래의 놀이에는 유행이 있어 서식하는 지역과 소속된 무리에 따라 조금씩 다르다. 인간과 가장 가까운 사촌인 침팬지는 도구를 능수능란하게 사용할 뿐만 아니라 마키아벨리가 경탄할 수준의 권력 투쟁을 벌인다.

그러나 일본원숭이, 범고래, 심지어 침팬지도 문명을 만들지 못한다. 그들이 깨달은 독특한 놀이와 사냥 법을 다음 세대에는 그럭저럭 가르칠 수 있으나 시간과 공간의 제약을 극복하고 발전을 이루는 것에는 실패하기 때문이다.

반면에 인간은 문자를 이용하여 정치와 경제 같은 거창한 것부터 취미와 유흥 같은 자질구레한 것까지, 철학과 신학 같은 형이상학적인 것부터 전투와 요리 같은 실용적인 것까지, 시간과 공간의 제약을 넘어 퍼트리고 발전시켜 문명을 이룩했다.

그래서 글쓰기는 인류 문명과 매우 밀접하다. 아무도 책을 읽지 않는다고 한탄하는 요즘에도 글쓰기의 위력은 여전하다. SNS와 웹 소설은 새로운 방식의 글쓰기다. OTT, 웹툰, 유튜브에도 좋은 시나리오가 필요하다. 다만 글쓰기는 목적에 따라 성격이 크게 변한다. 예를 들어 학술 논문과 웹 소설은 문자를 기반한다는 것 외에는 거의 공통점이 없어 글쓰기도 완전히 다르다.

그런 측면에서 칼럼도 매우 독특한 글쓰기를 요구한다. 4천 자 내외의 길지도, 짧지도 않은 분량으로 날카롭게 사회를 비판하고 상식과 정의를 부르짖으면서 동시에 대중의 흥미를 끌어야 한다. 이런 글은 생각보다 까다롭다. 대중의 흥미를 끄는 것에 집중하면 균형을 잃고 증오와 혐오를 선동하기 쉽다. 그렇다고 상식과 정의에만 집중하면 무미건조한 훈계일 뿐이다. 또 단순히 모두를 비판하면 너무 흔한 독설이 될 뿐이다.

지난 2년 동안 〈더메디컬〉이란 매체에 매달 칼럼을 적으며 고민했다. 의료계를 무턱대고 두둔할 생각은 전혀 없으나 그렇다고 의사는 나쁜 기득권층이라는 맹목적인 비난으로 인기를 얻고 싶지도 않다. 재기발랄하면서도 의료인과 시민, 모두에게 은근슬쩍 쓴소리를 던지고 우리 사회에 꼭 필요한 건전한 상식을 옹호하는 글을 내기 위해 노력했다.

이 책은 그런 노력의 결과이다. 여러분에게 조금이나마 생각할 문제를 던져 주었기를 바란다.

삶과 죽음의 경계에서

초판 1쇄 발행 2024년 8월 7일

지은이 곽경훈
펴낸이 박영미
펴낸곳 포르체

책임편집 이경미
마케팅 정은주
디자인 황규성

출판신고 2020년 7월 20일 제2020-000103호
전화 02-6083-0128 | **팩스** 02-6008-0126
이메일 porchetogo@gmail.com
포스트 https://m.post.naver.com/porche_book
인스타그램 www.instagram.com/porche_book

ⓒ 곽경훈(저작권자와 맺은 특약에 따라 검인을 생략합니다.)
ISBN 979-11-93584-58-3 (03810)

여러분의 소중한 원고를 보내주세요.
porchetogo@gmail.com